小熊媽 張美蘭 著
NIC 徐世賢 繪

小熊媽

# 讓孩子學會自己讀的 英語閱讀 101+

# 不只會聽、會說，還要會讀！

這本書原本在 2018 年就該完成，因為那年春天我動了一個手術，所以休息了一陣子，2019 年暑假才完成此書，十分不好意思，讓大家久等了！

之前出了《小熊媽的經典英語繪本 101+》（簡稱藍書）與《小熊媽親子學英語私房工具 101+》（簡稱綠書），這兩本都是英語學習比較初階的工具書。

藍書的主旨，是希望家長能在孩子很小的時候，一起開始**共讀英語繪本、培養孩子的英語聽力**，其重點在於「**繪本**」；而綠書，則是補充除了繪本以外，親子在家學英語可以用的各種資源與教材。

語言學習有「聽、說、讀、寫」四個階段，此四階段宜循序漸進的進行。原則上藍書與綠書，都是以**培養孩子的聽力，也就是所謂的「英文耳朵」**為主。但是，聽力練習到了一定的階段後，**閱讀能力**是否能跟著進步？這就是下一個更重要的重點！

有許多家長跟我反映，要他的孩子聽懂英語，沒問題！**但要他們自己閱讀英語原文書時，就百般不願意！很難跨越這障礙。**

其實，這也是我家孩子當初與我自學英文時，會發生的現象。老大小熊哥在美國長大，因為有全英語環境，而且上小學以後，老師會指導他們如何開始進入英語閱讀。所以他的英語閱讀，水到渠成，一年級下學期就開始讀原文版的《哈利波特》！

但是在台灣，公立學校的英語教學時間與資源有限，孩子想要有這種英文程度不是件容易的事。我家孩子在台灣讀小學一年級，學期結束時，英語暑假作業竟然只是**把 ABCD 等 26 個字母練習重新寫一遍**，並且塗個顏色，如此而已！沒有學單字、練會話，更別說是**讀英語原文書**了。

其實，公立學校圖書館還是有不少英語讀本，若學校老師也能多多使用，相信對孩子的自主閱讀會有莫大幫助。如果讓孩子去好一點的英語補習班也是不錯，但是**培養閱讀能力**為主的英語補習班，並不是很常見，大部分還是以聽和說為主。建議大家用此書，在家中與孩子**培養英語的自主閱讀能力**。

孩子要能夠自己閱讀英文書，的確是一個很大的關卡，因為有些技巧與原則，需先掌握與熟練。本書就是告訴大家：如何帶領孩子一起翻越那些關卡，順利進入英語閱讀的神奇世界！

小熊媽　於 2019 年 9 月

# 本書使用說明

我之前寫的《小熊媽的經典英語繪本 101+》（簡稱**藍書**）主旨是訓練孩子的英語聽力，建議從零歲開始，家長要用英語與孩子共讀。如今這本《小熊媽讓孩子學會自己讀的英語閱讀 101+》（簡稱**紫書**），則是**與藍書相輔相成，重點在培養孩子英語自主閱讀的能力。**

作者序裡有提到：語言學習有一定的步驟：聽、說、讀、寫。要進入第三階段：**閱讀**，其實就像蓋房子一樣，需要前兩階段做為地基，才能水到渠成，尤其是聽力。從小多聽英語，語感自然會好！**因此孩子從小習慣聽英語，在閱讀上會有強大的助力。**

我曾遇到讀者提出這樣的問題：「**請問孩子要如何由聽，進入到自己讀**？前陣子看您分享與熊董共讀《Magic Tree House》，我也去買了 1-8 集，最近念了第一集和第二集前幾個 chapter，問孩子大部分都能讀出中文意思，**但無法自行閱讀，請問要如何跨到自己讀這一步？**」

其實，聽的問題解決後，要能自行閱讀，需先讓孩子了解並熟練「**自然發音法**」這一關。在使用本書之前，如果孩子沒有大量練習聽力，則希望家長能**根據藍書的書單，先從共讀開始。**

大約能滾瓜爛熟的共讀到藍書第二階段後半時，便可開始進行本書的訓練：英語閱讀。本書的第一章，就是練習**自然發音法**，這是孩子進入英語閱讀的第一個難關，也是重要的閱讀基礎。因此，一定要讓孩子打好基礎，才能往下邁進。第二章以後，則是閱讀的鍛鍊，有**加強版的繪本**、**英語橋梁書**，以及**英語小說**。這些都是我整理國外孩子英語閱讀訓練的經驗，請大家務必試試。

其實，藍書與紫書的實行時機雖有些不同，但是兩書合用，如虎添翼！而**綠書**，則是**基本的開胃菜與一些補強**，希望家長能好好運用藍、綠、紫這三本書，做為孩子學習英語的尚方寶劍。若能讓孩子優游於英語閱讀的世界，就是自學英語成功的一大步！

## 使用建議與步驟

1　每日**固定時間**，親子共讀英語書至少 10 到 30 分鐘。

2　從繪本開始親子**英語共讀**（藍書），然後加入**念謠、手指謠、歌曲、線上互動教材、閃卡、英語玩具**等（綠書），輔助學習英語的樂趣。

3　漸進式導入**自然發音法**的學習（紫書），讓孩子看到英語單字就會拼讀。

4　讓孩子練習自己讀本書第一章的**自然發音法教材**。若能力不夠，也是先從親子共讀開始。

5　錄下共讀的音檔（或者上網到 YouTube 搜尋朗讀範例），讓孩子**反覆聆聽**。

6　第一章的書目都可以讀得很好時，換下一章的書來讀。

7　如果需要**英文書的朗讀檔**，除了到 YouTube 找找；此外，**露天拍賣、蝦皮購物**有時也能找到賣家販售，可以參考看看。

8　讓孩子自己閱讀第二到五章的書籍。如果不順，**親子共讀、放朗讀檔**，都是讓孩子願意繼續讀下去的方法。

9　給孩子一張「**英語閱讀集點卡**」，每當他能自行讀完一本書，可以給 1 到 5 點的點數，點數可以拿來換零用錢、邀請好友來家裡玩、一起看電影，或是買個小玩具等等。

10　可參加**線上閱讀圖書館**，讓孩子在閱讀後進行測驗，看是否真的有讀通（詳見第四章）？

# 目錄

## 第4章　進階橋梁書 P140-P171

本章屬於進階性的橋梁書，並導入了新的線上英語閱讀系統，可依讀者程度分級閱讀，閱讀完也可測驗。此外，還有很多西方兒童必讀的經典作品，也導入一些初階的章節小說。真誠建議爸媽，親子共讀在任何階段都可以進行！這是一種親子感情的培養，也是閱讀興趣提高的加分點，每天至少三十分鐘，一定會有功效。

## 第5章　青少年小說 P172-P219

本章可以說是全書的精華，之所以想要寫這本書，是因為很多家長對於西方兒童文學，尤其是系列套書，並不十分的了解。早年我在帶孩子時，也是慢慢摸索，才知道國外的孩子在閱讀剛起步，以及進階、高階時，都會讀哪些讀物。希望個人帶領孩子走上英語閱讀的經驗，能給你家孩子一雙有力的翅膀！

# 第1章
## 自然發音法教材

# ✅ 選書說明

## 外國孩子是怎麼學英語閱讀的？

從語言的系統來看，英語是**拼音系統**，但我們孩子的母語是中文，中文是**圖像系統**，這是學習上的一大差別。

拼音系統的教學原則需循序漸進，也就是說，要讓孩子從認識 26 個英文字母，再到子音、母音，系統性的介紹**自然發音法**（phonics）。

這就是小熊哥在美國念小一時，老師教學的重點。他們都是等到孩子都學**會自然發音法的原理**後，才開始帶領他們正式進入英語閱讀的世界！

我家老二回台灣時，大約四、五歲，他只講英語，所以我並沒有注意到學習自然發音法的重要性，也因為這樣，老二無法在小學低年級就開始閱讀英語書，一直到我驚覺事情不對，才開始補強他的自然發音法。

但是很可惜，他已經愛上了中文閱讀（並且十分精通，小四就可以讀古文書），但對於英語閱讀，他沒有建立自然發音法的基礎，喪失了許多胃口。這點是我的一大遺憾，也是後來才發現的警惕。

## 及早提升聽力與語感很重要

所以針對老三，我很仔細的讓他先從**零歲開始英語共讀**，訓練好**聽力**和**語感**後，在幼兒園大班時漸漸導入**自然發音法**的方法。果然，他的英語閱讀能力突飛猛進，比二哥順暢多了！

小一下的老三，在沒有上過任何英語補習班的狀況，開始自己讀《神奇樹屋》的原文書，這是當年小熊哥在美國全美語環境下才做到的事。

由此證明，**自然發音法**的能力，是孩子能否**自主閱讀**的關鍵！當然，長久累積下來的**聽力**與**單字量**，也是另一個關鍵。

難易程度：
★ ☆ ☆ ☆ ☆
☆ ☆ ☆ ☆ ☆

**1**

# Onion English Club
自然發音法中文影片教學

**推薦理由**

進入英語閱讀的世界之前，孩子**必須要累積一定的聽力與字彙量**。這點請先參考《小熊媽的經典英語繪本 101+》與《小熊媽親子學英語私房工具 101+》，培養孩子的**聽力**。

接下來，就是要能讓孩子**看到單字會念出發音**。

舉例來說：聽力夠好的孩子，聽到 pencil 知道是鉛筆，但是看到 pencil 這六個英語單字，如何能讓他們念出正確的發音？進而了解到：喔～ pencil 就是鉛筆！這就是孩子是否能自行閱讀的關鍵。

所以，**把自然發音法學好，是英語閱讀的基礎關鍵！**在此提供一個不花錢的影音教學頻道「Onion English Club 洋蔥英文俱樂部」，我覺得十分實用。

這是放在 YouTube 頻道裡的免費學英語教材，自然發音法有一系列解說，每一篇 5 分多鐘，包括各種子音、短母音、長母音等，都有很詳盡

的發音說明，甚至連「嘴型」都有說明。

讓孩子自學的時候，從簡單的開始：**子音**、**短母音**、**長母音**、不規則音等，慢慢記住，每一個發音都記一個代表字，要多練習多運用。

美國小朋友從幼兒園到小學一年級起，就在學習如何自然拼音。小熊在閱讀前，也是在小學跟老師先學自然發音法，漸漸的才會自己閱讀。

英文的發音結構有些複雜，有些有規則性，但有些不是。不按照規則發音的通常是來自外來語，通常來自於拉丁文、西班牙文或德文。

孩子每天都可以練習，聽影片的發音，一邊跟著念來糾正自己的發音。這種學習法就像是 **echo（回音）**，**跟著多念幾遍，自然會熟能生巧**！

自然發音phonics L2 n~z
觀看次數：444,690次・2015年4月12日 　👍 6701　👎 208　↗ 分享　⤓ 儲存　…

相關連結 ▶ ▶ ▶

自然發音 phonics L1 a-m

自然發音 phonics L2 n-z

**2**

難易程度：
★ ☆ ☆ ☆ ☆
☆ ☆ ☆ ☆ ☆

# Easy Phonics

自然發音法英語影片教學

**推薦理由**

這裡要推薦一套**全英語的自然發音法課程**，如果孩子的程度不錯，建議可以直接聽此一系列課程。如果不行，則可以回到上一個中英對照版的課程。

這是免費的網路系列影片《Easy Phonics 1-3: Phonics for Kids》，共有三套，建議務必全部看完，能更完整學會自然發音。

第一套 Easy Phonics 1，包括學會以下發音：

| | | | |
|---|---|---|---|
| Unit 1 | Aa, Bb, Cc, Dd | Unit 7 | Short Vowel a |
| Unit 2 | Ee, Ff, Gg, Hh | Unit 8 | Short Vowel e |
| Unit 3 | Ii, Jj, Kk, Ll, Mm | Unit 9 | Short Vowel i |
| Unit 4 | Nn, Oo, Pp, Qq | Unit 10 | Short Vowel o |
| Unit 5 | Rr, Ss, Tt, Uu, Vv | Unit 11 | Short Vowel u |
| Unit 6 | Ww, Xx, Yy, Zz | | |

第二套 Easy Phonics 2，共有 12 部影片（課程），除了繼續介紹**長母音**，也開始介紹**複合子音**，如：bl、cr、sk、ch、sh 等，十分重要與實用。

第三套 Easy Phonics 3，共有 11 部影片（課程），介紹**特別的發音字母**，如：ew、qu；以及聽起來**類似的組合發音**，如：oi、oy、ou、ow、oo 等。

本系列總共有 34 個課程，全部學完，就是邁向自我閱讀的重要關鍵！家長請務必鼓勵孩子耐著性子學習，建議親子可以一起學，這樣彼此都有豐碩的收穫！

Easy Phonics 1 (Unit 1 Aa, Bb, Cc, Dd ) | Phonics for Kids | Alphabet | Learn to Read

觀看次數：151,666次・2014年6月10日　👍 2319　👎 96　↗ 分享　⊟ 儲存　⋯

**相 關 連 結 ▶▶▶**

 Easy Phonics 1

 Easy Phonics 2

 Easy Phonics 3

難易程度：
★ ☆ ☆ ☆ ☆
☆ ☆ ☆ ☆ ☆

# Thomas & Friends: Get Rolling with Phonics

文：Christy Webster

推薦理由

《湯瑪士小火車》（*Thomas & Friends*，舊名為 *Thomas the Tank Engine & Friends*），是英國的兒童電視節目，1984 年首次播出。發想者是**英國牧師韋伯特・艾德理**（Wilbert Awdry）與其子**克里斯多佛**（Christopher Awdry），他們**父子一起想出了一系列的鐵路書籍**，初始的許多故事，是韋伯特的親身經歷。

在一個虛構的「索多島」（Island of Sodor）上，有好多擬人化的火車頭以及公車，他們各有各的名字，不同的個性、顏色和功能，一群車子也有許多喜怒哀樂的笑鬧，書籍與卡通都記錄了索多島上火車發生的經歷與故事。

湯瑪士小火車一直是許多喜愛鐵道、火車的英美男孩，小時候最美的童年回憶。由於此書籍與系列卡通的暢銷，帶動了周邊商品，因此**木製的湯瑪士小火車組及軌道，也是十分搶手的商品**。

許多美國小男孩家裡都會有一張**火車小桌**，讓他們玩木製的湯瑪士小火車，不過整組買起來所費不貲，算是一種收藏品。

因為許多男孩對湯瑪士小火車的強烈喜好，所以書商也推出了關於**自然發音法**的產品，本套書就是一例。這套書的用詞十分簡單，**一頁通常只有一到三個單字**，介紹**母音與子音的各種念法**，對孩子來說，是很基礎的英語閱讀書籍。

如果你家也有熱愛車子的男孩，千萬不要錯過這套有趣的火車發音書！

我家老二在美國時，常常跑到邦諾書店裡面站著玩湯瑪士火車組，玩兩個小時也不會累！

朗 讀 範 例 ▶ ▶ ▶

熊董親自示範朗讀

難易程度：
★ ★ ☆ ☆ ☆
☆ ☆ ☆ ☆ ☆

# Biscuit: Phonics Fun

文：Alyssa Satin Capucilli
圖：Pat Schories

**推薦理由**

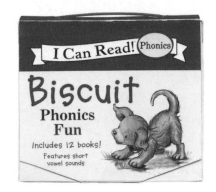

Biscuit 指的是**美式小麵包或軟餅**，中文叫「比司吉」，類似英國的 **scone**，我在美國住的時候，當地婦女有請我吃過，還告訴我做法。

其實材料很簡單：**中筋麵粉、泡打粉、蘇打粉、鹽、奶油**等，算是美國婦女的家常點心，肯德基這種速食店在台灣也賣過。

不過這裡的 Biscuit，指的是一隻有奶油鬆餅顏色的小狗。他的主人是個可愛的小女孩，常常帶他去散步、到公園玩耍，晚上還會念床邊故事給他聽。

Biscuit 有**繪本、橋梁書**以及**自然發音練習書**，所以 Biscuit 是許多孩子從小到大的好朋友！這裡推薦的是「I Can Read: Phonics」，也就是 Biscuit 自然發音法套書，我在誠品書店挖寶找到的，一套原價約台幣 500 元，特價 350 元，共有 12 本小冊子。

本系列包含 Biscuit 與許多動物的互動，每一本只有左頁是短短一兩句話，右邊則是水彩與鉛筆的可愛動物插圖！對小孩子來說，十分親切又容易理解。

建議本書一開始可親子共讀，等孩子聽力與語感好後，則開始再次利用此書，讓孩子自行閱讀。

此外，上網找 Biscuit 的食譜，親子一起做做看，很簡單！共讀後，若程度夠好，可讓孩子自行朗讀與錄音，給予獎勵。

This is Biscuit Book 1 Introduction

觀看次數：9,445次 · 2017年12月11日　　👍 27　👎 2　↪ 分享　⬇ 儲存　…

**朗讀範例 ▶▶▶**

 This is Biscuit

 Biscuit and the Cat

 Biscuit and the Hen

 Biscuit's Tub Fun

# 5

# Dora the Explorer: Phonics

文：Quinlan B. Lee

**推薦理由**

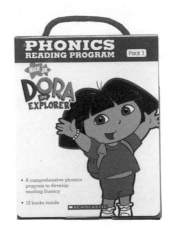

愛探險的 Dora，應該是小孩子心中的長青樹，我家老大十年前在美國也是看她的動畫長大。如今，老大快上大學了，Dora 的動畫，主角也變美變高了！不過，我還是喜歡小小胖胖、黑黑圓圓，充滿活力與大嗓門的這位 Dora！

其實台灣很多人都以為 Dora 是教英語的節目，但在美國，她可是**針對墨西哥族裔設計的卡通**（看 Dora 的膚色與體型便知），由於美國墨裔人口愈來愈多（不管是合法的還是非法移民），所以西班牙語的學習是顯學。

在美西，公共場所多半都標示著**英語／西班牙語兩種語言**。也因如此，Dora 在美國主要是講英語，但**主旨在教西語**！我家小熊哥就因為 Dora 而對一些西班牙語琅琅上口，如數字、顏色、稱謂等。現在十年後換老三迷你熊愛上 Dora，在台灣的他只看英語版的動畫，但是也從中學到了許多西班牙語，十分有意思的結果！

由於動畫風行，Dora 的繪本、橋梁書與自然發音法套書也大受歡迎。我們不能否認，孩子對主角的接受度愈高，學起語言就會愈快。所以本書也特別選入了 Dora 這一系列的自然發音讀本，希望更多孩子會因 Dora 而愛上英語閱讀。

建議每日孩子功課做完，讓他看 Dora 的動畫 30 分鐘。睡覺前，一起親子共讀此套自然發音讀本，慢慢訓練孩子能獨立念出這套書。

此外，Dora 有一個保護動物的表哥 Diego，也有一系列的動畫與繪本書《**Go Diego go!**》，家長可以兩套書搭配使用。尤其是男孩、愛動物的孩子，會很喜歡這位 Dora 的表哥！

Dora the Explorer Lets Explore -Explore with Dora Phonics Book
觀看次數：6,535次・2017年11月11日　　👍 喜歡　👎 不喜歡　↗ 分享　⊟ 儲存　⋯

**朗 讀 範 例** ▶▶▶

Let's Explore!

Hope You Can Come!

Diego: Baby Jaguar Can!

**6**

# The Magic School Bus: Phonics Fun Set

文：Joanna Cole　圖：Bruce Degen

**推薦理由**

「The Magic School Bus 神奇校車」自然發音法套書，共 12 本書，含 1 張 CD。

《The Magic School Bus》在美國與台灣都很受歡迎，記得我帶老大在美國念小學時，他很愛去圖書館借這系列的書及遊戲光碟。回台灣後，還請我去美國的 Amazon 買遊戲回來玩！

後來老二與老三在台灣念小學，許多媽媽在**晨光故事時間**，最愛放《The Magic School Bus》的影片，**每一集都是講科學**，30 分鐘左右，孩子看得津津有味。

我家老三從五歲開始，只要他幫我洗菜、寫完功課，**每天有 30 分鐘的卡通時間**，我只放英語卡通，這一套是他從大班到小學都很喜歡、一直重複看的影集。

看影片練的是聽力與對字彙的理解，真正要進入閱讀，還是要從自然發音與認字開始，也因為他已經看過卡通版，對於每個人物都耳熟能詳，自己閱讀的動機就更高了！

這套書每本都包含**語音學習**、**科普故事**和**延伸閱讀**三個部分，音頻包括慢速朗讀故事一遍，快速配樂朗讀故事一遍。

本套書不只學發音，還可以在書中了解**冬眠的狗熊**、**神奇的鳥巢**、**蜘蛛網**、**垃圾的回收利用**、**血液的祕密**、**雪花**、**秋天**、**風的作用**、**北極**、**月球**、**海底**和**牙齒**等十二個方面的科普故事和知識。

根據每本書的語音和語法重點，配合 CD 播放，孩子還可以學習短母音 a、e、i、o、u，長母音 a、e、i、o、u，以及 y、sh、th 的發音規律，十分實用！

Magic school bus phonics take the nap
觀看次數：590次・2016年9月1日

朗 讀 範 例 ▶▶▶

 Takes a Nap

 全套書目展示

**7**

難易程度：
★ ★ ★ ☆ ☆
☆ ☆ ☆ ☆ ☆

# I Spy: Phonics Fun

文：Jean Marzollo　圖：Walter Wick

**推薦理由**

這套書其實是美國很有名的「**I Spy 找找看**」系列，往基礎延伸的作品，原本的版本會在第二章介紹。

《I Spy》系列，算是美國小朋友必讀的遊戲書，是由童書作者 Jean Marzollo 與才華洋溢的攝影師 Walter Wick，兩人以創意催生了《I Spy》這系列書籍。Marzollo 有多年對幼兒教育的研究，以及編輯銳利的眼光，透過攝影師 Wick 的鏡頭，顯現出一幕幕孩子熟悉的圖像和玩具，配合簡單容易、琅琅上口的韻文，成就了《I Spy》系列童書，也是 Scholastic 出版社的長青樹與搖錢樹。

從這些韻文中，孩子能學會**連結圖畫和字母**，從押韻的字串中，體會英文的**語感和韻律感**。孩子可以藉由家長的引導，學會在大圖中找到目標，進而**培養觀察力、注意力**與**字彙力**。

這套自然發音法的套書，比較淺顯易懂，字彙也相對簡單。全套有 12 本書、26 張字卡、6 張教學遊戲卡和 1 片 CD。CP 值很高，也是熊董在

五歲睡前很愛與我共讀的一套書。

如果孩子喜歡此套書,下階段會推薦《I SPY》的橋梁書「Scholastic Reader Level 1」系列,此系列適合學齡的小朋友閱讀,因為內容都是由簡單的單字組成。家長跟小朋友在共讀時**可指示孩子,在密密麻麻的照片裡,找到左頁題目文中所指示的東西**,如:Hammer、dice 等。這種方式會刺激小朋友學習的興趣,也可以讓孩子在不知不覺中認識了新的單字。

下一章還會推薦更多關於《I SPY》的系列書籍,敬請期待!

I spy~Phonics fun

觀看次數:4,558次　　👍 10　👎 2　➤ 分享　≡+ 儲存　•••

相 關 連 結 ▶▶▶

　內文朗讀

　圖像拍攝幕後花絮

難易程度：
★★★☆☆
☆☆☆☆☆

# Lego City: Phonics

文：Quinlan B. Lee

**推薦理由**

樂高是許多孩子童年的最愛，尤其是男孩。樂高積木是許多家庭的必備玩具，在歐美家庭擁有率更是超高！樂高的特點是：

- **男孩女孩**都可以玩
- 可以玩得很**安靜、健康**
- 可以玩**很長的時間**
- **每個年紀**都可以玩
- **每個季節**都可以玩
- 具**發展性、想像力、創意**

現代的樂高，除了**星際大戰、忍者、海盜**等系列外，**城市系列**（Lego city）也是很受孩子喜愛的生活場景，如警察抓小偷、消防隊救火等。

這套書是**樂高城市系列**的**自然發音法套書**，透過英語閱讀，帶孩子進入不同樂高人的工作領域：警察、船長、工程師、消防員、偵探等，精采又充滿笑意的冒險故事，讓英語閱讀更有活力。

本套書共有 10 本讀本，外加 2 本母音為主的練習簿，包含：短音 a、e、i、o、u，與長音 a、e、i、o、u。

本書特點是：內文特意將重點英文單字粗體化，方便孩子閱讀、加強特定發音的記憶；讀本最後的封面也將所有重點單字列出，以方便複習。

每本讀本約 16 頁，字數與字體適中，彩色圖畫搭配簡易文字，很適合親子英語共讀。附有 2 本練習簿，有各式各樣的練習題，例如辨識短音（長音）單字、重組字母、字母填空、配對練習等，同樣也搭配著色圖畫。

可以跟孩子**一邊玩樂高，一邊念本書**。樂高城市系列有很多警匪追逐或救火隊的場面，在書念完以後，建議找出類似場景，然後讓孩子用樂高積木演練一遍剛才看過的故事，也可以與兄弟姊妹演出一幕「**讀者劇場**」，順便練練背英語台詞的功力！

朗 讀 範 例 ▶ ▶ ▶ ▶

 Get to Work

 Stop that Crook

難易程度：
★ ★ ★ ☆ ☆
☆ ☆ ☆ ☆ ☆

# Lego DC Super Heroes: Phonics

文：Quinlan B. Lee

**推薦理由**

家裡有喜愛**樂高**及 **DC 超級英雄**的孩子嗎？建議你一定要試試看這套自然發音法的套書！

利用此套書，可以跟著樂高 DC 超級英雄，如**超人、蝙蝠俠、神力女超人**等，一起來學英語發音。此盒裝發音套書共有兩套，可以一起搭配使用，每套盒內包含 10 本讀本及 2 本練習簿，全都裝在硬盒子裡，塑膠握把可以讓孩子出遊時帶出門。

第一套有單獨介紹蝙蝠俠的《Meet Batman》，講解短音 a，以及專屬於超人的《Up, Up, and Away》，練習短音 u，光是這兩本書就很值回票價！因為**有兩個大英雄教你讀英文**，豈能不有看頭？

我家老三跟著兩個哥哥看完所有 DC 與 MARVEL 的英雄片，對於此套發音書可說是如獲至寶！還好，他已經先看完了 Biscuit 與 Dora 的自然發音法套書，隨年紀增長也從幼稚階段進階到英雄故事了。

這套書的文字量也比 Biscuit 與 Dora 的自然發音法套書要多許多，建議先看完前面幾套之後，再進入本套書。

Super Heroes-Meet Batman(LEGO, phonics)

Super Heroes-Meet Batman(LEGO, phonics)

朗 讀 範 例 ▶ ▶ ▶

 Meet Batman

 Freeze!

# 10

難易程度：
★★★★☆
☆☆☆☆☆

# Lego Star Wars: Phonics

文：Quinlan B. Lee

**推薦理由**

為了讓孩子能**自行閱讀英語**，這種盒裝的自然發音法套書，我的**採購沒有手軟過**。還好，孩子在台灣的環境下，日日與我共讀，也漸漸培養出英語的好聽力與自然發音能力。

這套書的故事主題是「**星際大戰**」，男孩的世界，尤其是美國男孩，很難不愛上這系列的電影。

我家老三是這套書的主人，由於兩個哥哥在美國長大，是**典型星戰迷**，家裡已經蒐集了很多星際大戰的**圖鑑**。老三從小跟著哥哥看《星際大戰》系列電影，晚上跟著媽媽閱讀星際大戰的英語百科全書，電影中的角色，例如**路克天行者、安納金、莉亞公主、歐比王、尤達大師**等等，他都耳熟能詳。

所以這套自然發音法套書，可以說是熊董最新的最愛！從大班開始讀，到小一也捨不得放下。

這套書能讓孩子學會分辨長短母音,是一套兼具星戰電影趣味的工具書。共有 10 本讀本,外加 2 本母音為主的練習簿,包含:短音 a、e、i、o、u,與長音 a、e、i、o、u。

樂高星際大戰 Lego star war phonics

Lego Star Wars Phonics Books Set Unboxing

觀看次數:1,042次・2016年10月10日　　👍 8　👎 1　↗ 分享　≡+ 儲存　…

**朗讀範例** ▶▶▶

　小熊媽親聲朗讀

　全套書籍開箱文

# 第2章
## 必讀重要繪本

### 更多的精采繪本，在這裡！

本章介紹的是繪本，用來**補充《小熊媽的經典英語繪本 101+》**。

繪本的世界十分廣泛，**每年都有許多新的作品出現**，在上一本書出了以後，短短幾年間也有許多很棒的作品出現，或是有一些遺珠之憾，因此我特別在這本書中**補充一些精采的繪本**。

還有一定要說明：**不要以為繪本的單字很簡單，有不少繪本在美國也都是小學的教材，甚至一直到國中都有在用。**

本章所補充的繪本，都是網路上可以找到影音資源的。我希望家長在親子共讀時可以先上網看一下這些繪本，挑選孩子可能會有興趣的，或是**適合你孩子程度的繪本**。

一開始請先用**共讀**的方式，然後再引**導孩子自己閱讀**，最棒的是讓孩子自己可以大聲朗讀出來！當然，不要給孩子太大壓力，這些繪本都可以重複的一再閱讀，共讀也好、孩子自己讀也好，最後都要鼓勵孩子能夠自己朗讀出來。

### 錄成 MP3 反覆聆聽

你可以參考網路上**免費的資源**，讓孩子聽聽外國人的發音，也可以把孩子朗讀的聲音錄下來變成 MP3，或者是將親子共讀的朗讀錄下來。這些都是很棒的教材，可以讓孩子在等車、沒事做或是晚上睡覺前，**反覆聽取 MP3 的內容**，不但練習了聽力，更複習了故事內容，搭配閱讀文字，可精進閱讀能力。

同時我也建議家長把《小熊媽的經典英語繪本 101+》介紹的繪本也重新找出來，這次試著讓孩子自己讀，不只是聽你讀而已。**溫故知新，日新又新！**

難易程度：
★ ★ ★ ☆ ☆
☆ ☆ ☆ ☆ ☆

# Does a Kangaroo Have a Mother, Too?

文／圖：Eric Carle

**推薦理由**

卡爾爺爺的《好餓的毛毛蟲》（*The Very Hungry Caterpillar*），幾乎是每個孩子必讀的**英語繪本經典**！其實，卡爾爺爺有非常非常多的著作，在這裡補充這一本，是因為本書討論的主題與**動物和母親**有關。

小朋友都很喜歡聽關於**母親的故事**，因為母親是他們出生後最親近的人，也是給他們最多愛心與耐心的人，所以這個主題通常會引起孩子的共鳴。

本書用**一問一答**的方式呈現，每翻開一頁就是一對**動物母子**，孩子可以學到袋鼠、獅子、長頸鹿、企鵝、天鵝、狐狸、海豚、綿羊、熊、大象、猴子等各種動物的母子長相，與英語名稱。

這種**反覆出現的故事情節**，是兒童所喜歡的，也是卡爾爺爺的**拿手絕活**！尤其在圖片中，還可以學到卡爾爺爺特別的美學創意，各種動物各具美感，栩栩如生，是一本不可多得的動物繪本佳作。

請在與孩子共讀以後，讓孩子試著自己朗讀，或是讓孩子**多聽幾次網路上的朗讀示範**，孩子會漸漸接受文字的刺激，提高對**英語字彙的靈敏度**。

Does A Kangaroo Have A Mother, Too? - Animal Sounds, Words & Music

👍 81 👎 7 ↗ 分享 ☰＋ 儲存 ⋯

Does A Kangaroo Have A Mother, Too? - Animal Sounds, Words & Music

觀看次數：28,661次・2018年4月10日 👍 81 👎 7 ↗ 分享 ☰＋ 儲存 ⋯

**朗 讀 範 例** ▶▶▶

 活潑的動畫朗讀，片尾搭配動物叫聲

 溫柔的女聲朗讀

難易程度：
★ ★ ★ ★ ☆
☆ ☆ ☆ ☆ ☆

# The Wonky Donkey

文：Craig Smith　圖：Katz Cowley

**推薦理由**

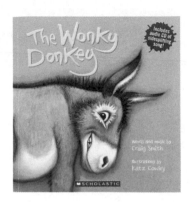

這本書是我某日在臉書上，友人轉貼一位老奶奶**一邊朗讀此書、一遍笑翻的畫面**，才找來看看的。一看之後我也是捧腹大笑，因為故事實在很無厘頭但又有趣！

內容描述作者走在路上，看到一隻奇怪的驢子，只有三隻腳，所以叫他「Wonky Donkey」（搖搖晃晃的驢子）；然後又發現他只有一隻眼睛，於是改叫他「Winky Wonky Donkey」（眨眼的搖搖晃晃的驢子）。

接下來愈來愈多**新發現**與**新形容詞**，**結尾都押 ky 韻**，在此特別說明如下：

| | |
|---|---|
| **wonky**：搖搖晃晃的 | **stinky-dinky**：有點臭的 |
| **winky**：眨眼的 | **cranky**：壞脾氣的 |
| **honky-tonky**：鄉村音樂的 | **hanky-panky**：耍花招的 |
| **lanky**：瘦長的 | **spunky**：有魅力的 |

整個故事很瞎掰、很繞口令，但是孩子就是很愛這種怪怪的疊字故事！建議家長與孩子一起多念幾遍，看看是誰說的又好、又不會咬到自己的舌頭？

The Wonky Donkey

The Wonky Donkey by Craig Smith read aloud by Alina Celeste

**朗讀範例** ▶▶▶

 清楚的全文朗讀

 一邊念一邊狂笑的奶奶

# 13

# There Was an Old Lady Who Swallowed a Fly

文／圖：Pam Adams

## 推薦理由

這本繪本是一首童謠，一首十分家喻戶曉的童謠，歌曲內容卻非常的**荒誕爆笑**，故事是：一位老婦人吞下了一隻蒼蠅，為了抓這隻蒼蠅又吞下了一隻蜘蛛，為了抓蜘蛛又吞了一隻鳥，為了抓鳥又吞了一隻貓，為了抓貓又吞了一隻狗⋯⋯如此**循環下去**，最後她吞下了一隻很大很大的馬，然後當然就撐死了！

這麼匪夷所思的故事，孩子卻覺得十分有趣，不論我在國外上課、或者是在家中共讀，孩子總是想要再聽一遍這首搞笑童謠。

從繪本中，孩子除了可以學到許多**動物名稱**，也能知道大自然「**一物剋一物**」的奧妙。此外，我也曾看過美國小學老師，用手工把故事中的生物做成一層一層的紙盒，或是用由小到大的不織布，把各種一物剋一物的關係包進去，這也是一種「**生物食物鏈**」教學的創意。

不過，我兒子問：「牛和馬，到底哪一個大？」看文中說是馬比牛大，

但我們母子總覺得牛比馬大！其實，在這種無厘頭的童謠裡，爭論什麼邏輯呢？不論如何，**孩子總是喜歡荒謬有趣的故事**，而這個看一遍就很難忘懷的繪本，當然就是很好的教材。

請記得，親子共讀時要**一起唱這首歌**，如果不會唱，看網路上的示範就可以了。

WHO SWALLOWED A CLOVER Read Aloud ~ Bedtime

#FunWithGma
THERE WAS AN OLD LADY WHO SWALLOWED A CLOVER Read Aloud ~ Bedtime
Story Read Along Books
觀看次數：160,708次 · 2017年3月2日

**朗讀範例** ▶ ▶ ▶

 可愛的童聲朗讀，還有音效！

 OLD LADY系列的延伸閱讀 01

難易程度：
★★★★☆
☆☆☆☆☆

# My No, No, No Day!

文／圖：Rebecca Patterson

**推薦理由**

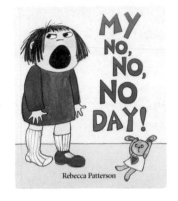

這本書是我個人十分喜愛的一本，因為是**許多家庭都會遇到的狀況**。

再怎麼甜蜜的小孩，都會有「**連狗也嫌**」的一天！不論這個小孩有多貼心，本書中的小女孩就是如此：早上起來弟弟玩了她的串珠玩具，就開始了這諸事不順的一天。

接下來就是一連串的災難：小女孩看什麼都不順眼，跟好朋友玩也變成鬧脾氣、去超市買東西鬼吼鬼叫、上自己最喜歡的芭蕾舞課也覺得超癢、回家路上還在人行道上打滾、晚飯太熱、洗澡水又太涼！一整天，只有她還在包尿布的小寶寶弟弟最安靜淡定，姐姐像**鬼打牆**一樣亂發脾氣。

可是我最佩服的是媽媽，從頭到尾都很有耐性，一直在旁邊看著小女孩。最後，媽媽還安慰小女孩說：「**沒關係，每個人難免都會有這樣不順利的一天！**」

還好第二天，一切真的好多了。

本書可以學到許多生活中常用的英語對話，以及情緒教育。如果你家裡也有一個番小孩、或是暴躁天使，建議一定要讀讀此書。

同時一定要推薦本篇第一個連結，**Pink Penguiny 的示範朗讀十分可愛**，不但把原著繪本改編成動畫，**小女孩清甜可愛的聲音會讓你深入其境**，我在臉書上曾經推薦給家長，結果大家都說很棒，點閱率超高！

No Day by Rebecca Patterson | Read Aloud Books for

[Animated] My No No No Day by Rebecca Patterson | Read Aloud Books for Children!

## 朗讀範例 ▶ ▶ ▶

生動的童聲朗讀，中間穿插媽媽與小女孩的對話

另一部童聲朗讀影片

# 15

難易程度：
★ ★ ★ ★ ☆
☆ ☆ ☆ ☆ ☆

# If You Give a Mouse a Cookie

文：Laura Joffe Numeroff
圖：Felicia Bond

**推薦理由**

本書的中文版叫做《如果你給老鼠吃餅乾》，這是一本很可愛的「循環書」，因為故事的起點就是故事的終點！

如果你給老鼠吃餅乾，他就會要一杯牛奶配著吃，如果你給他一杯牛奶，他就會跟你要一根吸管，喝完牛奶他會想要照鏡子，看看有沒有牛奶鬍子？然後接下來發生了**一連串相關的事情**，最後老鼠口渴了，又要跟你要一杯牛奶，喝牛奶就要配一塊餅乾，故事就**回到了原點**。

這本書可以**考孩子的邏輯**，不只是學**英文單字**而已。我十分推薦家長和孩子一起共讀，同時欣賞本書提供的英文朗讀範例。

此外，我更推薦同時欣賞**林良爺爺翻譯的中文版本**。把英語童書翻譯得這麼精確又簡單，林良爺爺真的是第一人！建議家長與孩子可以一起研究這個翻譯：**如何把英文轉換成簡要的中文，卻又不失英文故事的原味。**

這本書出版後，十分受到孩子歡迎，所以接下來又有《If You Take a Mouse to School》（如果你帶老鼠去學校）、《If You Give a Moose a Muffin》（如果你給駝鹿吃鬆餅），相關的作品都是這種**因果循環的有趣故事**，可以一起找來與孩子共讀。

記得我家小熊哥當初看這本書的時候，他跟我說，美國有位老師，**晚上睡覺前一定要喝一杯牛奶配兩塊 Oreo 餅乾**！故事裡的小老鼠提醒了他這件事，所以他也想如法炮製。不過由於 Oreo 的熱量太高了，所以我只給了他一杯牛奶（笑）。希望這本書也能帶給大家親子閱讀的樂趣！

If you give a mouse a cookie - Animated childrens book - story book

觀看次數：2,119,369次・2013年4月16日　　👍 4643　👎 675　➥ 分享　☰+ 儲存　•••

**朗 讀 範 例** ▶▶▶▶

 充滿磁性的男聲朗讀

 林良爺爺的中文版朗讀

041

難易程度：
★★★★☆
☆☆☆☆☆

# Olivia

文／圖：Ian Falconer

**推薦理由**

這大概是孩子最喜愛的一隻小豬了吧？

《奧莉薇》（*Olivia*）的作者十分有創意，在本系列第一本就一炮而紅、得獎無數。本書榮獲有童書界奧斯卡之稱的**凱迪克獎**、**《紐約時報》年度最佳童書**、**《出版人週刊》年度好書**等多項大獎。

作者用**黑白色調**，偶爾加上**紅色**的特別筆觸中，畫出一隻超愛紅色、有點任性但十分聰明的小豬，就像你家可愛的小女兒，或者是鄰居家可愛的小女孩，聰慧中又有點小聰明，忙東忙西、古靈精怪，連睡前故事都要跟媽媽討價還價。

奧莉薇的個性非常鮮明、與眾不同，她去看畫展，看到寶加畫的芭蕾舞者，就會幻想自己是芭蕾明星；她才華洋溢，在海邊堆沙堡，可以堆出超高的帝國大廈；睡前的床邊故事，她竟然喜歡聽媽媽講歌劇名伶卡拉絲的故事！

這麼有個性的可愛小豬，出版後果然大受小朋友歡迎，接下來就出現了**許多系列作品**，然後在大家的叫好聲與期待下，終於**改編成動畫影片**。

建議家長可以先讓孩子閱讀英語書的版本，同時**在網路上搭配動畫**，慢慢與孩子共讀，最後引導孩子自己朗讀。

如果家裡有奧莉薇的小粉絲，還可以上網買她的**布偶娃娃**，搭配書籍一起閱讀，肯定會提升孩子對英語閱讀的興趣喔！

Olivia | Picture Book Read Aloud

觀看次數：1,744次　　👍 3　👎 0　↗ 分享　≡+ 儲存　⋯

**朗讀範例** ▶▶▶

 俏皮可愛的女聲朗讀

 延伸閱讀：Olivia The Spy

 動畫：Olivia Goes to the Beach

難易程度：

★ ★ ★ ☆ ☆
☆ ☆ ☆ ☆ ☆

# Pip and Posy

文／圖：Axel Scheffler

**推薦理由**

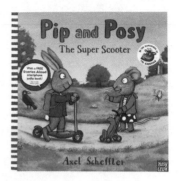

《皮皮與波西》（*Pip and Posy*）是我家老三與我睡前常常共讀的一套繪本，作者是知名繪本**《古飛樂》**（***The Gruffalo***）的繪者**薛佛勒**（**Axel Scheffler**）。

本書是薛佛勒自創的文字與圖畫，故事內容是描述一隻叫**皮皮的兔子**（男孩），與一隻叫**波西的可愛老鼠**（女孩），兩個好朋友常常發生的喜怒哀樂。

說實在的，我第一次看這套書的時候，覺得鋪陳與角色設定還滿平淡的，沒想到**我兒子卻十分熱愛這套故事**！比如說，有一集波西要去皮皮家夜宿，結果她忘了帶她最愛的絨毛娃娃，當然整晚睡不著，皮皮就把他最愛的絨毛娃娃借給波西。

另外有一次，皮皮去波西家玩得太高興，憋尿太久結果尿在地上，超尷尬！但是波西沒有責怪他，只是把拖把拿出來幫忙一起清理而已，還借給皮皮自己可愛的小衣服。

兩個好朋友雖然有時會鬧脾氣，但總有溫馨的友誼故事做為收尾，難怪我家兒子覺得很受感動。

這套故事我最早是使用三民書局的雙語版本，孩子對故事的接受度很高，所以就讓他改讀純英語版本，也水到渠成。

本套書的單字十分淺顯易懂，很適合給孩子做為英語繪本的入門讀物。這套讀完，建議一定要去讀薛佛勒的經典繪本《古飛樂》，下一篇將會介紹。

Pip and Posy The big balloon story

觀看次數：27,445次・2015年10月25日　　　👍 64　👎 13　　↗ 分享　⊟ 儲存　…

**朗讀範例** ▶ ▶ ▶

 The Super Scooter

 The Big Balloon

難易程度：
★★★★☆
☆☆☆☆☆

# The Gruffalo

文：Julia Donaldson
圖：Axel Scheffler

**推薦理由**

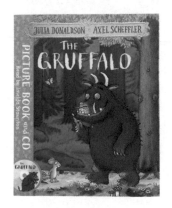

延續上篇，《皮皮與波西》作者薛佛勒，最有名的作品其實是和女作家唐娜森（Julia Donaldson）合作的《**古飛樂**》（*The Gruffalo*）。本書榮獲**英國聰明書金獎、藍彼得童書獎**等，翻譯超過 40 種語言，全球銷量超過 400 萬本！

故事是描述一隻小老鼠走進森林裡散步，遇到了他的天敵：**狐狸、貓頭鷹和蛇**！於是聰明的小老鼠說，他和一隻恐怖的怪獸「古飛樂」有約，而古飛樂最喜歡的點心，就是狐狸、貓頭鷹和蛇。

小老鼠本來只是撒一個小謊，嚇跑這些天敵，沒想到，最後真的出現了古飛樂！古飛樂也想打這隻小老鼠的主意，所以小老鼠說：「你跟著我走，我可是**森林裡很重要的角色**，大家都不敢傷害我！」

就這樣，小老鼠的身後真的跟著一隻面目猙獰的古飛樂，所以大家都嚇跑了！也因為這樣，這隻狐假虎威的聰明老鼠，逃過了一劫。

主角本來應該是小老鼠，但因為**古飛樂實在是畫得太讓人印象深刻了**，所以繪本出了以後，在讀者的熱烈要求下，出了一系列關於古飛樂的故事，**這套系列繪本也成為薛佛勒的代表作。**

在此推薦大家掃一下本篇的影片朗讀範例連結，來領略一下這隻大怪獸古飛樂的無比魅力！

2019 年台北國際書展，作者薛佛勒有來台灣演講，我家老三和我參加了他的童書創作工作坊，本人看起來**十分的內斂、沉穩**。他長得非常高，是一位**很有氣質、很斯文的中年男士**，對孩子有十足的耐心與愛心。

薛佛勒在指導孩子作畫時，都會仔細問他們**創作的理由**。我家老三，看到喜愛的《皮皮與波西》作者本人，十分的興奮又害羞，不太喜歡畫畫的他，在薛佛勒的指導下，很努力的畫了一個墓園裡的吸血鬼，畫完還興奮的跑去和薛佛勒合照。看過本人以後，他更愛《皮皮與波西》還有《古飛樂》這系列的書，有機會就要拿出來念一下。

**朗 讀 範 例** ▶ ▶ ▶

可愛的動畫與童聲朗讀

動畫頻道，可以訂閱

# The Runaway Bunny

文：Margaret Wise Brown
圖：Clement Hurd

**推薦理由**

這是一本家喻戶曉的老作品，中文版譯名為**《逃家小兔》**。作者還畫過另一本傑作**《月亮，晚安》**（*Goodnight Moon*），也是一本繪本經典中的經典。

這兩本書都**不是以繪畫技巧取勝**，事實上，以現代的繪本觀點來看，這樣的畫風十分老派，可是很奇怪的，孩子幾乎都很愛這兩本繪本！

仔細探究原因，應該是樸拙的畫風中，隱含著**精采的創意與童趣**吧？例如《逃家小兔》的故事裡，小兔子要逃家，兔媽媽說：「我會追你。」小兔子說：「那我就變成一條魚！」結果兔媽媽說：「那我就變成釣魚的人。」但畫面上，兔媽媽竟然是用**胡蘿蔔**去釣魚？十分有趣。

小兔子改口說要變成山上石頭，兔媽媽就說自己要變成登山者；小兔子說要變成花，兔媽媽就說要變成園丁；小兔子要變成鳥，兔媽媽就變成等他棲息的樹……不論如何，兔媽媽總是緊緊相隨。最後，小兔子終於

放棄了，他認輸的說：「**我還是當你的小兔子好了！**」

當小兔子與兔媽媽一搭一唱的時候，圖片都只是**黑白的線稿**，但是接下來的想像畫面，小兔子與兔媽媽變成的各種事物，都是**跨頁的彩圖**，十分能吸引小讀者的目光。

本書也有文法應用，假設句的範例很多，正好可以讓孩子練習文法。此外，**本書對孩子的邏輯推理也有幫助**，例如鳥與樹、花與園丁、魚與釣者、風與帆船⋯⋯有一種**孫悟空逃不出如來掌的意味**。每翻一頁，總能讓人會心一笑。

The Runaway Bunny by Margaret Wise Brown in HD

觀看次數：17,428次・2017年6月8日　　👍 63　👎 6　↱ 分享　⇥ 儲存　⋯⋯

**朗 讀 範 例 ▶▶▶**

 充滿情感的女聲朗讀

 另一部女聲朗讀影片

難易程度：
★★★★☆
☆☆☆☆☆

# Fancy Nancy

文：Jane O'Connor
圖：Robin Preiss Glasser

**推薦理由**

這個系列在台灣目前沒有中譯本，我姑且稱之為「**花俏的南西**」！

這是 Jane O'Connor 在 2005 年寫的兒童繪本，本書系在《**紐約時報**》**暢銷書榜**曾經盤旋了**一百週**，現在也被改編成同名的**迪士尼動畫影集**。該系列的書籍有繪本也有小說，在美國**很受小女孩的歡迎**，因為講的跟小女生的世界很有關係。

南西本人就是一個年輕的小女生，她喜歡穿漂亮、奇特的衣服，通常是女性化，或是十分有特色的服飾。例如說，她喜歡穿跳芭蕾舞的蓬蓬裙，喜歡紅寶石色的拖鞋，喜歡妖精的翅膀等等。

這個特別的小女生也很喜歡說**法文的字彙**，她最愛說的一個字就是「嗚啦啦」！她還喜歡影響她的家人，希望穿著隨便的家人能跟她一樣，趕得上時尚的潮流，打扮得非常花俏！

記得我看過系列的其中一本，書封灑滿了亮亮的彩色金粉，說的是如何**準備一場屬於女孩的午茶會**。裡面仔細的告訴小女孩各種細節，包括怎樣製作粉紅色的心形邀請卡？怎樣準備茶杯、餐具，布置桌面和會場？還有要做哪些 Fancy 的飲料與點心？全都寫得十分詳盡。

你可能覺得，怎麼會有這樣的童書呢？不過，在美國，很多小女孩喜歡這套書，就是因為**書裡可以教她們如何打扮？怎麼當一位好的宴會主人？**這些事情在美國很普通，我有真實體驗過。

有家長認為，這套書是不是有點太過女性化或太過花俏？但事實上，閱讀本書，也是**了解美國文化的一個好機會！**這本書裡的世界雖然跟我們的文化不太一樣，但是在美國，的確有人就是過這種粉紅而美好的生活，就像南西一樣。

如果家中有喜歡**當小公主的女孩**，就會對這套書十分有感。雖然我家沒有女兒，但是自己很喜歡翻閱這套《Fancy Nancy》，去了解另一種女孩的世界。在此推薦給有女兒的家長！

**朗讀範例** ▶ ▶ ▶

 可愛的小女孩朗讀

 Fancy Nancy的動畫影片

# Pig the Pug

文／圖：Aaron Blabey

**推薦理由**

本書有中譯本，書名叫做《**巴戈狗豬豬**》，是由澳洲導演兼作家布雷比（Aaron Blabey）所作的系列繪本。內容是講一隻**自私自利的、胖胖的、眼睛又凸又大的巴戈狗**，他平日**為非作歹**的故事。

這隻巴戈狗有個很妙的名字，他叫豬豬（Pig），但他不是豬。還有一個與他同住，但個性與他完全不同的正派角色，一隻叫做崔崔（Trevor）的臘腸狗！**兩隻狗總有許多恩怨情仇的故事**。

本書是一本很有趣的**負面教材**，講的是自私自利、看起來很欠扁的巴戈狗豬豬，總是不分享任何好東西，還喜歡說謊嫁禍給他的朋友崔崔，比賽也從來輸不起，一直想作弊，讓人恨得牙癢癢的。但是每一集到了故事的最後，都是巴戈狗**自嘗苦果**，學到一番教訓。

這本書的文字部分寫得非常好，在每頁簡短的文章中，第二和第四句都會押韻，念起來有趣又輕鬆，值得注意與欣賞。

因為巴戈狗豬豬這個反派角色實在太鮮明了,所以受到許多孩子的喜愛,還出了一系列繪本,建議家長與孩子找來共讀。除了學英文,還可以學到做人的道理:**不可以太自私、不要說謊**,以及**比賽不要作弊**等等,孩子日常可能會發生的小奸小惡,本書都有答案。

Read Aloud - by Aaron Blabey - Let's Read Stories

👍 130　👎 22　→ 分享　☰+ 儲存　⋯⋯

Pig the Pug - Children's Books Read Aloud - by Aaron Blabey - Let's Read Stories

觀看次數:40,329次・2018年6月30日　👍 130　👎 22　→ 分享　☰+ 儲存　⋯⋯

朗 讀 範 例 ▶▶▶

很棒的朗讀示範

官方的可愛宣傳片

## 22

難易程度：
★★★★☆
☆☆☆☆☆

# A Color of His Own

文／圖：Leo Lionni

**推薦理由**

A color of his own

Leo Lionni

這本書講的是：**變色龍是否能有屬於自己的顏色**？同時也是讓孩子認識色彩英文名字的經典好書。

故事描述了每種動物都有一種顏色，但是有一隻小變色龍，他走到哪裡，身上的顏色就變成那裡的顏色：在紅色上面，他就變成紅色；在黃色上面，就變黃色；甚至在老虎身上，他會變成老虎斑紋的顏色。（真是一種神奇的能力！）

可惜的是，**他自己並不喜歡老是變來變去，一直都很想要屬於自己的顏色**。所以大部分的時間，他會待在綠色的葉子上，保持綠色。可是，葉子到秋天會變黃，他就變成了黃色；天氣更冷時葉子會變成紅色，然後掉落，所以他就變成紅色，跟著葉子一起掉到了地面！

正當他苦惱的時候，他發現了另外一隻變色龍。他對這位同類朋友說：「我好想有屬於自己的顏色喔！」這位朋友說：「這真的很難。但是，**也許我們可以一直待在一起，一起變色。**」

於是他們就一直在一起，變成紅色、黃色，甚至一起變成紅色斑點蘑菇的顏色！也許直到最後，他們都沒有找到屬於自己的顏色，可是，他們找到了屬於自己的好朋友，真是可喜可賀！

變色龍一直是我家小男孩很喜歡的動物，也覺得：怎麼可能會有這麼神奇、可以任意變換顏色的生物？本書不但可以學到**變色龍的英文名稱（chameleon）**、**生物特性**，以及**各種色彩的名稱**，還可以學到**生態的知識**，知道除了變色龍會因環境而變色外，葉子也會因季節而變色。

此外，還有一個啟發與意義，就是：也許你不能改變你與生俱來的特性及命運，但你可以**找一個志同道合的好朋友，跟他一起開心！**

A Color of his own, by Leo Lionni

**朗 讀 範 例** ▶ ▶ ▶

 搭配溫馨襯樂的男聲朗讀影片　　　 另一部女聲朗讀影片

## 23

難易程度：
★★★☆☆
☆☆☆☆☆

# Eat Your Peas

文：Kes Gray　圖：Nick Sharratt

**推薦理由**

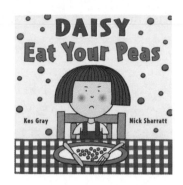

本書是作者 Kes Gray 的經典之作，不過我家兒子當初跟我共讀此書的時候，都對書中母親的做法大搖其頭，一直說：「這個媽媽怎麼可以這樣？**這樣是賄賂孩子，是不對的！**」

看來我對孩子的洗腦還滿成功的，因為我告訴他：要尊重別人，即使是自己的孩子，也**不要用威脅利誘的方式，讓孩子做他不想做的事情。**

書中的媽媽，對著一個**馬桶蓋造型**（或者說學生頭造型）的可愛小女孩說：「把你盤子裡的豆子吃掉。」但是小女孩從頭到尾就是重複一句話：**「我不喜歡豆子！」**（I don't like peas!）所以媽媽開始了一連串的利誘。

例如，你要是吃豆子，就買布丁給你吃、就讓你可以熬夜、就買腳踏車送你、買大象送你……但是小女孩永遠都很酷的說：**「我不喜歡豆子！」**所以這媽媽愈來愈誇張的加碼，她說：「你可以永遠都不要睡覺，不用洗澡，不用梳頭，也不用整理房間，只要你願意吃豆子！」

但女孩還是說：「我不喜歡豆子！」所以媽媽繼續一連串愈來愈誇張的收買清單，例如買下整個超級市場、一堆巧克力工廠，甚至搬到遊樂園旁邊去住！**諸如此類荒謬的提議，讓我家孩子看了也直搖頭**，因為他覺得這個媽媽根本做不到，這是在說謊吧？

還好小女孩想出了對策，讓媽媽停止這無盡的誇張利誘。小女孩說：「看來你真的很想要我吃豆子？那好，先把你盤子裡的**抱子甘藍**吃掉！」

可是換媽媽說：「**我不喜歡抱子甘藍。**」所以小女孩就問：「那你為什麼要我吃我不喜歡的豆子呢？」也不知道他們最後到底吃了沒有？只知道他們很開心，因為母女一起吃了喜歡的布丁。

本書除了學英語之外，還可以學到**關於孩子挑食的議題**。其實，只要不是嚴重的挑食，有時候不必逼孩子吃掉所有的東西，因為**大人也會遇到自己不喜歡吃所以跳過的食物**。

我家孩子在幼兒園時，老師曾逼他吃枸杞，但他就是無法接受枸杞的味道，所以我跟老師說：「沒關係，等他長大一點，再讓他嘗試就好。」父母真的不需要為了吃東西，而**用各種不可思議的方法硬逼孩子**，本書就是一個很好的示範。

**朗 讀 範 例** ▶▶▶▶

情境式朗讀，充分展現了媽媽的無奈和小女孩的堅持

另一部慈祥的男聲朗讀影片

## 24

難易程度：
★★★★☆
☆☆☆☆☆

# The Empty Pot

文／圖：Demi

**推薦理由**

本書一看封面，就知道作者有受到**中國水墨繪畫**的影響。作者 Demi 從小受過水彩教育，也非常喜歡美術，她的先生是華人，告訴了她幾個關於中國的故事，所以才有這本繪本的誕生。

故事是：在遙遠的某個國家（畫得很像中國），有一個皇帝，他年紀很大了，想要找一個適合的繼承人來治理這個國家。國家的人民都非常喜歡植物和種植花草，其中有一個叫平（Ping）的小男孩，他天生就有綠手指，十分會種花花草草，他種出來的植物大家都很稱讚。

有一天，皇帝把全國的小孩聚集起來，發給每人一顆種子，說：「我給你們一年的時間，**誰能種出最美麗的花，就可以繼承我的王位，成為下一任皇帝！**」

平十分高興，他覺得自己花種得很好，可是萬萬沒想到，一年的時間過去了，平準備了最肥沃的土壤、換上最好的花盆，盡了一切努力，還是沒辦法讓這顆種子發芽！

一年的時間到了，每個孩子都抱著一個大花盆，裡面長滿各式各樣美麗的花朵，大家興高采烈的要去皇宮見皇帝，只有平的花盆空空如也。他的朋友笑他說：「你不是很會種花嗎？怎麼什麼都沒種出來呢？」平很難過，但是父親告訴他：「孩子，你已經盡力做到最好了。去吧！」

平很沮喪的，帶著他的空花盆到了皇宮，在那裡皇帝看著每個孩子，手裡捧著各式各樣美麗的花朵，卻皺起了眉頭。最後，他發現平抱著一個空花盆。皇帝走到平身邊，問他怎麼回事？平說：「我已經做了最大的努力，但還是種不出花來，我很抱歉……」

皇帝說：「孩子，你不用覺得抱歉。其實我給你們的種子，**全部都是煮過的**，所以我不知道其他孩子是怎麼種出花來的？但我很確定，你才是那個**最誠實、最光明磊落、最適合接任我位子的人！**」於是，平繼承了皇位，成為下一任皇帝。

在這本書中，孩子除了知道**做人要誠實的道理**之外，還可以**欣賞到中國繪畫十分美麗的布局與結構**。此外，我非常推薦第一個連結 Storyline Online 的朗讀範例，朗讀者在最後還說了他的感想：做**一個光明磊落的人，比什麼事情都還重要！**

**朗 讀 範 例** ▶ ▶ ▶

充滿中式古風的男聲朗讀，非常推薦！

另一部女聲朗讀影片

# How I Became a Pirate

文：Melinda Long
圖：David Shannon

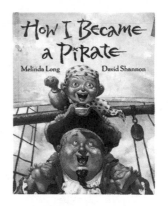

**推薦理由**

本書繪者就是畫《**No! David**》的大衛・夏儂（**David Shannon**）。
他十分有名，畫風總是帶著**油畫感**，色彩十分鮮艷，又有童趣，讓孩子
一看就難以移開目光。

這本書描述一個叫雅各（Jacob）的小男孩，本來在沙灘上堆沙堡，但
是突然來了一群海盜。海盜說他們迷路了，需要找一個好地方，把找到
的金銀財寶藏起來，然後海盜頭子發現**雅各很會挖東西**，還帶著一支鏟
子。（那當然！他在堆沙堡啊～）雅各把沙堡堆得很棒，海盜頭子很欣
賞的說：「**你就跟著我們一起去當海盜吧！**」

天啊！當海盜可是很多小男孩的夢想，所以雅各馬上就同意了。他想，
爸媽應該不會在意，足球課也會等他吧？於是他就跟著海盜，一起來趟
刺激的海上之旅。

書中的重點，就是雅各學會了很多**海盜的行話（黑話）**，比如說：

- **shiver me timbers**：敲碎我的木材。表示受到驚嚇的俚語，尤其是在打鬥中，船隻互相碰撞。
- **aye aye captain**：是的船長。aye 是海盜用語中的 yes，本句話是指接受船長的命令。
- **walk the plank**：走上木板。這是海盜的娛樂之一，將俘虜雙手反綁，再逼他們走上船隻延伸出去的木板，讓他們跳下去。

本書也可能是你家小孩的夢想：當海盜的話，就可以不用吃青菜！多麼棒的一件事啊！不過現實是，你該上的課還是要上的。只不過主角真的很聰明，最後他還知道要請海盜把寶藏藏在他們家後院，真是賺到了！

建議家長可以先參考連結的朗讀範例，十分生動有趣。如果想知道海盜的行話，就一定要找繪本來對照一下。

"How I Became A Pirate" | Read Aloud
觀看次數：744,271次    👍 925    👎 143    ↱ 分享    🖬 儲存    ⋯

**朗讀範例** ▶▶▶

略帶沙啞的男聲朗讀，非常適合
詮釋海盜

# Sylvester and the Magic Pebble

文／圖：William Steig

**推薦理由**

本書是我家孩子喜愛的繪本之一，是關於**一隻可愛的驢子和一顆神奇的鵝卵石的故事**。主角小驢 Sylvester 很喜歡蒐集奇特的石頭，有一天，他撿到一顆很特別的鵝卵石，他認為這石頭很美麗，所以隨身帶著，但不知道石頭的神奇之處。

某天小驢發現，當他摸著鵝卵石時，說出口的願望就會實現。例如：我希望不要下雨，果然天氣就放晴了。不過，當小驢發現石頭有神奇的魔力時，突然出現了一隻獅子想要吃他！於是，他在情急之下，摸著鵝卵石許願說：「我希望自己變成一顆石頭！」因為獅子不能吃石頭，所以失望的走了。

糟糕的是，獅子走了，**但是他也無法摸著鵝卵石許願，把自己變回來！**（因為石頭沒有手。）小驢就這樣不見了，他的爸媽十分擔心，天天以淚洗面，到處張貼尋人（驢）啟事，卻怎麼樣也找不到心愛的兒子，過了幾年，他們終於放棄了。

巧的是，有一天小驢的爸媽去野餐，剛好就坐在小驢變成的石頭上。他們看到了那顆神奇的鵝卵石，於是就摸著石頭說：「**啊！真希望小驢能夠在這裡，回到我們身邊……**」

然後，他們的願望真的實現了！小驢從一塊大石頭，變回原來的樣子，全家人都好開心，繼續過著幸福快樂的日子。

本書的畫風十分平實，不是以精美的繪畫技巧取勝，但由於故事十分有趣，又有創意，因此出版以後，深受大人與孩子的喜愛，成為了一本經典。除了故事文字簡潔有力，這本書也告訴我們：**許願的時候千萬不要隨便亂許，不然像小驢一樣變不回來，那就糟糕了！**

Sylvester and the Magic Pebble read by Reid Scott

**朗 讀 範 例** ▶ ▶ ▶

搭配動畫和生動說明的男聲朗讀

## 27

難易程度：
★★★★☆
☆☆☆☆☆

# Library Lion

文：Michelle Knudsen
圖：Kevin Hawkes

**推薦理由**

本書的中文版譯名為**《圖書館獅子》**，是一本可以**告訴孩子在圖書館裡遵守規矩的好書**，但也另有深意。故事大意是：圖書館裡出現了一隻獅子，大家緊張的跑去告訴圖書館的主管 Miss Merriweather（簡稱 M 小姐），沒想到，總是要大家守規矩的 M 小姐卻說：**「只要獅子安靜沒有吵鬧，就讓他留著吧！」**

這隻獅子似乎很喜歡圖書館的「故事時間」（story time），他在第一天聽完以後就愛上了，第二天又提早來圖書館聽故事，而且還乖乖的幫忙，用尾巴去打掃百科全書區的灰塵。接下來，他又幫忙 M 小姐處理所有通知借書逾期的信封，擺明是**故事時間的鐵粉**、不想走了。

剛開始，大人對於獅子出現在圖書館有些緊張，但漸漸的就習慣了；小孩子倒是都很開心，有隻獅子可以陪他們一起念書，還可以當靠墊。但是**某位館員 B 先生，就是看不慣有獅子在圖書館裡**，總想找他的小辮子、趕走這隻獅子。

某一天，M 小姐踩著凳子去拿在高處的書，卻不小心摔了下來，倒在地板上動都不能動。她虛弱的請獅子幫忙去找人救援，獅子找到了 B 先生，可是一直不喜歡獅子的 B 懶得理他，最後獅子無計可施，只好對 B 大吼一聲！B 先生抓到了他的把柄，很開心的說：**「你不可以在圖書館裡大吼大叫，你違反了規定！」**

獅子很傷心，默默的離開了圖書館。後來 B 才知道，原來 M 小姐受傷了，是她請獅子去找幫手的，但從此以後，獅子就再也沒出現了。

獅子不來，許多的孩子與大人都很失落，M 小姐也很失落，所以 B 改變了主意，努力的去找到獅子。B 先生告訴獅子說：**「我們當然不能違反規定，但有時候為了特殊情況，也是可以打破成規的！」**就這樣，獅子開心的回到圖書館裡，皆大歡喜。

這本書除了栩栩如生的描繪了美國圖書館的場景，還可以讓孩子學到：**有時候，規矩也是可以打破的，尤其遇到緊急狀況，未必要墨守成規，而是要懂得變通。**

以前在美國時，我常常帶著三隻小熊去圖書館聽「故事時間」，看到這本書，似乎回到了當年溫馨的時光，在此極力推薦此書給大家。

**朗讀範例** ▶▶▶

根據角色轉換音色的女聲朗讀，語氣生動

另一部女聲朗讀影片，有逐句指示可參考

## 28

難易程度：
★★★★★
☆☆☆☆☆

# Somebody Loves You, Mr. Hatch

文：Eileen Spinelli
圖：Paul Yalowitz

**推薦理由**

本書的主題很特別，討論的是**西洋情人節**（Valentine's Day）。

在美國，不是只有情人才慶祝情人節，事實上，**美國的小學生、甚至幼兒園生，都會慶祝 Valentine's Day**！老師會要孩子在這天準備卡片，送給全班同學和老師，表示對他們的喜愛與感謝。這本書就是關於 Valentine's Day 非常好的閱讀教材。

故事主角 Mr. Hatch，是一個非常宅又古板害羞的男人，每天都穿著一樣的衣服，很少跟別人打交道，更少微笑。

他每天重複做同樣的工作，下班去書報攤買報紙，然後再買火雞肉回家吃。可是有一天，事情有點不一樣了，郵差送來了一個好大的包裹，裡面裝著一個心型的大盒子，塞滿了巧克力，還附上一張紙條寫著：「**Somebody Loves You**！」

「原來有人偷偷愛著我？」這讓 Mr. Hatch。的心融化了，開始換上了活潑的衣服，還開心的跟鄰居打招呼，也分享他那超多的巧克力給同事吃。

接著，他還幫書報攤老闆顧攤位，好讓他去看病；也幫賣肉的夥計去接他來不及接的小女兒。還有一天，他很開心的做了好多巧克力布朗尼，分給鄰居的孩子與大人吃，辦了一個好棒的野餐會！

可是有一天，郵差很抱歉的告訴他，那個巧克力包裹是不小心送錯的！「原來，我還是沒人愛的……」Mr. Hatch 的心情掉到了谷底，又恢復以往封閉阿宅的日子，不跟人打交道，穿著一成不變的衣服；鄰居和路人發現了，也為他難過。

愧疚的郵差最後想出一個方法，於是告訴大家說：**「我們應該在他家開一個感謝的派對，告訴 Mr. Hatch，我們都愛他！」**他們真的這樣做了，而 Mr. Hatch 也接受了大家的愛。

以前我住美國時，總是受不了每次情人節，孩子都會收到一堆粉紅色的卡片，和一堆巧克力跟糖果！（卡片上要附巧克力，這是習俗，但我怕孩子蛀牙。）不過看了這個故事以後，才開始了解**美國人為什麼喜歡慶祝 Valentine's Day**，那是一個**用行動表現愛與感恩的好日子**。

**朗 讀 範 例** ▶▶▶

 充滿情感的男聲朗讀

 非常戲劇化的朗讀，讓人會心一笑

## 29

難易程度：

★ ★ ★ ★ ★
☆ ☆ ☆ ☆ ☆

# How I Learned Geography

文／圖：Uri Shulevitz

**推薦理由**

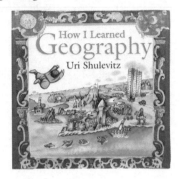

本書的中文版譯名為《我如何認識世界》。一開始看到封面，我認為這本書**應該是一本工具書或科普書**，而不是繪本。（我家孩子就是這樣想的。）但事實上，這是一本**很勵志的繪本**，故事一開始有些沉重，但是到後來你會發現：**改變不一樣的心態，就能改變內心的想法**。

這本書用的是第一人稱：我。我是一個小男孩，因為家鄉戰亂，所以我和爸媽逃離了家鄉，變成了難民。我們只能住在一個很糟糕的地方，和別的家庭合住，環境很艱困，甚至幾乎沒有東西可以吃，總是在挨餓。

有天晚上，爸爸去市集買食物，但是我和媽媽等了好久，都沒有等到爸爸回來。等爸爸終於回來的時候，他沒有帶任何食物，而是開心的說：**「我帶回了一張世界地圖！」**

我和媽媽都很難過，麵包才能夠解餓，地圖可以做什麼呢？但是爸爸不理我們，所以那天晚上，我是餓著肚子睡覺。但是，我聽到同住的另一家人，正在開心的吃東西，他們家爸爸咀嚼麵包的聲音，竟然這麼大聲！

還發出好吃的感嘆……我從來沒有這麼痛恨過吃東西的聲音！

但是隔天，當爸爸把那張地圖貼在牆上時，我才發現，原來**研究世界地圖是這麼有趣的事情**！因為這張地圖，我忘記現實生活有多麼痛苦，我在我想像的世界裡歡笑，夢想我飛到世界各地去旅遊，這時我才了解：**麵包不算什麼，能夠知道許多事情、擁有世界各地的知識，才是心靈最重要的糧食。**

本書是作者**親身經歷**的故事，有些傷感的故事。老實說，我家孩子與我聽故事的時候，實在無法理解故事的真諦，對他們來說，吃東西才是最重要的事情。（尤其是男孩！）

但我跟他們說：「在逃難時的現實，就是你真的沒有食物，**而你的夢想可以成為你活下去的力量！**」有的時候，人雖然少了一些食物，還可以活著；但是人沒有了夢想與希望，就會失去活下去的動力。

本書也可以教育孩子：這世界上有許多戰亂與難民，他們其實需要我們的同情與幫助，當我們吃得很飽的時候，如果有其他的能力，應該要多幫助需要幫助的人。

**朗讀範例** ▶ ▶ ▶

知性風格的男聲朗讀影片

## 30

難易程度：

★ ★ ★ ★ ★
☆ ☆ ☆ ☆ ☆

# The Day the Crayons Quit

文：Drew Daywalt
圖：Oliver Jeffers

**推薦理由**

本書的中文版譯名為《**蠟筆大罷工**》，這本書非常的有創意，作者讓蠟筆寫了很多信。在繪本裡你可以看到**信上手寫的字跡**，而旁邊就是蠟筆本身，信的內容則是**蠟筆對小主人各種不滿的控訴或期待**。

故事一開始，小男孩收到了一疊信，這些信竟然是他的蠟筆，一支一支分別寫給他的。紅色的蠟筆說：「小主人，你這一年中一直在使用我，我快被用壞了！不管你是畫消防車、畫愛心，還是畫聖誕老公公，**我都沒有停止工作過**，所以我真的受不了了……我要走了！」

灰色的蠟筆也有類似的抱怨。他說：「小主人，不管你是畫大象、畫河馬，還是畫鯨魚，都用灰色。但是你忘了，這些動物體積都很大，所以**我也快被操壞了！**」

不過粉紅色就沒有這種待遇了。粉紅色蠟筆落寞的說：「雖然你妹妹喜歡我，但你很少用過我耶！**可以請小主人偶爾用用我嗎？**」

黑色的蠟筆也很妙。他說：「小主人通常都只用我描邊，但我希望有一天，我可以變成沙灘球的顏色！」總之，每支蠟筆都有自己的抱怨。甚至有一支蠟筆說：「小主人，你把我外面那張紙撕掉，**害我連個內褲都沒得穿**，只能躲在蠟筆盒裡！」

最後，心懷愧疚的小主人想出一個方法，他畫了一張能用到各種顏色的畫，包括黑色的海灘球，讓所有顏色的蠟筆都開心極了！當然，老師也給他很棒的讚美。

這本書能讓孩子覺得很有趣，因為蠟筆是幼兒園和低年級孩子常用的畫筆，很能讓孩子產生認同感與趣味性。不過，**本書有一定的難度**，雖然這些蠟筆沒有學過文法或艱深的英文單字，但是他們寫的信還真長！

此外，**這本書可以教孩子怎麼寫英文書信**，是一本關於英文書信寫法的好教材。書中也可以學到各種顏色的英文名稱，算是一本多功用的書。

'The Day the Crayons Quit' by Drew Daywalt - READ ALOUD FOR KIDS!

**朗 讀 範 例** ▶ ▶ ▶

非常熱血的男聲朗讀

## 31

難易程度：
★★★★☆
☆☆☆☆☆

# We Don't Eat Our Classmates

文／圖：Ryan T. Higgins

**推薦理由**

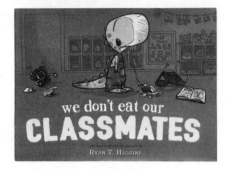

本書的書名直譯為：**我們不可以把同學吃掉**！為什麼會有這麼驚悚的主題？其實這是有原因的。

小雷龍是個可愛的小女生，她要去上學了！但上學前她十分緊張，因為很怕同學不喜歡她，可是到了學校，才發現**她的同學竟然都不是恐龍，而是一個個很好吃的小朋友**！所以，開學第一天，她就把班上所有的同學都吞了。

老師很不高興，立刻說：「我們不可以把同學吃掉！快把他們都吐出來。」於是小雷龍心不甘情不願的把所有同學都吐了出來。還好，她是用吞的，沒傷到人，但同學身上全沾滿口水。

接下來，小雷龍就是**忍不住想要吃同學的衝動**，因為這些同學看起來太好吃了！溜滑梯時，她就張大嘴等在下面等著；美勞課時，她就畫自己如何吃掉小朋友；用餐時，她很好心的幫小男孩留了一個位置，還說：「**你可以坐在我的餐盤上。**」

由於她一直忍不住想要吃同學的衝動，所以同學都很怕她。誰想要和一個會吃人的恐龍做朋友呢？

小雷龍覺得好寂寞，她告訴爸爸，她在學校裡沒有任何朋友。爸爸說：「孩子，你要知道，**人類的孩子跟我們是一樣的**！只是他們比較好吃一點而已⋯⋯」（這樣的訓誡真的很奇怪。）

有一天，小雷龍看到班上的寵物金魚，她伸手想要跟金魚交朋友，沒想到小金魚用力的咬住她的手指！小雷龍大叫一聲後，傷心的哭了，也才了解，原來「被吃」是這麼恐怖的一件事情。

從此以後，**她終於知道為什麼不可以吃掉同學了，因為那感覺好痛！**

這本書是近年在美國童書繪本市場排行榜前幾名的作品，十分受到小孩子歡迎，我家小朋友也很喜愛，因為故事幽默詼諧。建議可與孩子一起先聽聽朗讀範例，影片中朗讀設計得十分美好，會引導孩子進一步去閱讀書本的故事。

**朗 讀 範 例** ▶▶▶

搭配玩偶的歡樂朗讀影片，非常有趣

另一部戲劇化的女聲朗讀影片

## 32

難易程度：
★ ★ ★ ★ ★
☆ ☆ ☆ ☆ ☆

# Superhero ABC

文／圖：Bob McLeod

**推薦理由**

本書是我在美國居住時，**老大小熊哥最喜愛的一本繪本**，既然講的是**超級英雄**，就應該是許多小男孩的菜！（當然也歡迎小女孩一起讀。）

作者 Bob McLeod 很神，能把 26 個英文字母，每個字母都自創出一個超級英雄！這些超級英雄並非漫威或者是 DC 漫畫系列裡既有的，多半是作者自己想像的。

但由於作者的畫風與**漫威和 DC 漫畫十分接近**，所以很像是這世界上真的有出現過這麼多有趣的超級英雄。例如：

A 是 Astro-Man；
B 是 Bubble-Man；
C 是 Captain Cloud；
D 是 Danger Man，他會和恐龍對打；
E 是 The Eagle，他有一對鷹眼⋯⋯

我家兒子很喜歡的 **R** 的 Rain-Man，還有 **S** 的 Sky-Boy。他還說，**W** 的 Water-woman 應該是由神力女超人聯想出來的。

文中除了介紹超級英雄，還有許多小對白，都是有趣的英文，但不太容易了解。建議大家在共讀前要先自行準備一下，查找相關的內容與單字，共讀時才不會被孩子問倒！（我第一次讀時就是被問倒了。）

仔細看折口的作者簡介，原來 Bob McLeod **以前真的就是個漫畫插畫家**！跟人合作過 **Spider-Man**、**Batman** 等，難怪能創造出這麼有趣的繪本作品。喜歡超級英雄的孩子，千萬不要錯過這本書！

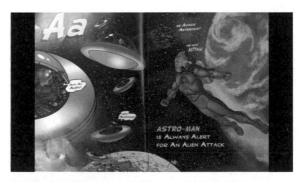

Poplar Bluff Early Childhood Presents "Superhero ABC" by Bob Mcleod

觀看次數：23,610次・2014年9月17日　　　👍 48　👎 1　　↱ 分享　≡+ 儲存　・・・

**朗 讀 範 例** ▶▶▶

充滿英雄風格，很有力量的女聲朗讀

另一部男聲朗讀影片

## 33

難易程度：
★★★★☆
☆☆☆☆☆

# The Elves and the Shoemaker

文：Catherine Eisele

**推薦理由**

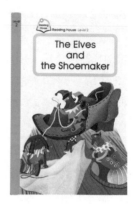

《鞋匠與小精靈》（*The Elves and the Shoemaker*）改編自**格林童話**，是個十分家喻戶曉的故事，也是孩子學英語很好的基礎教材。

這個故事有很多版本，封面放的是敦煌書局的版本，比較容易取得。這個版本是屬於「**Reading House**」系列，第四章我會再詳細介紹。

故事是關於一對老鞋匠夫婦，他們的運氣不好，十分貧窮，只剩下一塊皮可以做一雙鞋。鞋匠本來打算早上再把這塊皮做成鞋子，沒想到一個晚上過去，當他們起床後，發現那塊皮已經變成一雙美麗的鞋子了！這雙鞋賣了很好的價錢，所以他們又買了更多的皮，打算要做更多的鞋。

沒想到隔天早上起來，這些皮又**自動變成了許多美麗的鞋子**，日復一日，老鞋匠夫婦的生活漸漸好轉。只是他們覺得很納悶：**到底是誰在幫他們做鞋子呢？**

某天夜裡，他們偷偷的爬起來看，才發現是許多衣衫襤褸的小精靈，在幫他們做鞋子。天啊！該怎麼報答小精靈才好呢？鞋匠老夫妻經過一番思考，於是決定要做許多**美麗的小衣服**給他們，以表心意。

老夫婦做好衣服，就放在桌上留給他們。晚上，小精靈看到以後十分開心，於是換上了新衣服，大家一起唱歌跳舞！從此，人人過著幸福快樂的日子。

孩子的童年很短暫，許多**童話故事都有可愛的、神奇的小精靈**在裡面，這讓孩子提升了許多對世界的想像，以及美好的回憶。本書就是我和孩子都很喜歡的一個格林童話，也希望你的孩子在共讀時，能夠體會這些古老童話的美好。

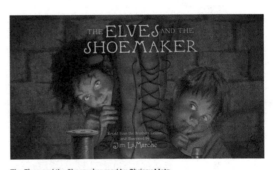

The Elves and the Shoemaker read by Chrissy Metz

**朗 讀 範 例** ▶ ▶ ▶

其他版本的故事朗讀，畫面十分美麗

## 34

難易程度：
★★★☆☆
☆☆☆☆☆

# My Dad / My Mum

文／圖：Anthony Browne

**推薦理由**

作者**安東尼布朗**（Anthony Browne）是**兒童繪本界的大咖人物**，兼獲安徒生獎和格林納威獎的繪本大師。

這次選的《我爸爸》（*My Dad*）和《我媽媽》（*My Mum*），也是我家孩子最喜歡去學校圖書館借的書。他們都會要我念《我媽媽》那一本，要爸爸念《我爸爸》那一本，表示心中對作者描述的認同。

在安東尼布朗的繪本中，其實**有些不太好的父親形象**，比如《大猩猩》（*Gorill*）裡面的冷漠父親，或是《朱家故事》（*Piggy Book*）裡面的豬頭父親（甚至因為懶惰而變成豬）。但在他最為人所熟知的繪本《我爸爸》中，卻塑造了一位**超級暖爸**！為何會這樣呢？

安東尼布朗曾經回憶，因為父親離開太早，以前書中有關父親的角色都很冷漠。但是有一天，他在媽媽的舊箱子裡發現了一件**爸爸的浴袍**，這件浴袍把他帶回了小時候，突然回想起爸爸是多麼的愛自己和哥哥！所以，他就根據自己的父親，創作了《我爸爸》這本書。

安東尼布朗表示：**閱讀一定要是非常有樂趣的**，這當中插畫有著非常大**的作用**。如果父母在看書時覺得無聊，也會把這種無聊傳遞給孩子，所以他非常希望父母也能發現樂趣，可以和孩子討論這些有趣的細節。這也是為什麼他的**插畫中總有一些有趣的小細節**，等著讓孩子發現。

在《我爸爸》這本書中，爸爸總是穿著一件**黃色的浴袍**，不論是趕走野狼，或者參加爸爸跑步大賽，或是走高空繩索時，都還是穿著。

同樣的，在《我媽媽》這本書中，媽媽總是穿著帶有**印花圖案的衣服**、領帶，或是小飾物，不論媽媽在做什麼，即使變成獅子，都有這塊印花布陪著她。這些書中的小細節，都能讓孩子在閱讀的時候，得到連結與尋找的樂趣。

我很喜歡安東尼布朗說過的這段話：

「我希望通過繪本告訴孩子，**他們不是孤獨的**，不管他們的感受是悲傷、孤獨、開心、愧疚或者嫉妒，都是很自然的，每個人都會有這樣的感受。我想通過繪本讓孩子知道，雖然**我們在個體上是不一樣的，但是我們的內心是一樣的。**」

**朗 讀 範 例 ▶▶▶▶**

 My Dad

 My Mum

# 35

# Blue's Clues

動畫改編繪本系列

**推薦理由**

Blue's clue 最早在美國是一系列的卡通動畫，後來因為深受孩子喜愛，所以也出了相關的繪本。

故事是講一隻叫做 **Blue** 的**藍色小狗**，他喜歡和他的主人 Steve（後來主人變成 Steve 的弟弟 Joe）**玩猜謎遊戲**。在每部影集裡面，主人都會有 **Blue 給的三個線索**，然後去猜 Blue 想要讓他猜的東西。

在動畫系列裡面，Blue 本來只是一隻普通的小狗，但後來慢慢衍生成一隻立體的毛茸茸小狗，因此他的故事繪本裡面，**會有平面與立體的兩種系列**。

我建議家長，可以**先在網路上找一些 Blue 的相關影片給孩子看**，看完以後再去找類似的繪本跟孩子一起讀，引起他們的興趣，之後才會一本接著一本讀下去。

本書除了可以教對話邏輯，在猜謎的過程中訓練孩子的邏輯思考能力，

也可以學到許多生活常識。例如：上學的故事，還有顏色、形狀等各式各樣的題材。

這本書是我家在**美國親子共學英語的入門書**，到現在小熊哥都沒有忘記可愛的小狗 Blue，因此鄭重的推薦給大家。也許年代有些久遠，但是在網路上與書店還是可以找到很多相關的資訊。

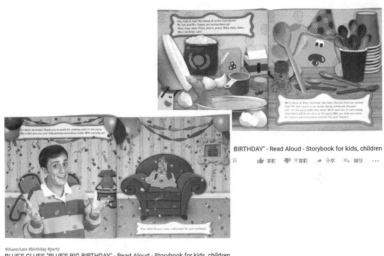

BLUE'S CLUES "BLUE'S BIG BIRTHDAY" - Read Aloud - Storybook for kids, children

朗讀範例 ▶▶▶

Blue's Big Birthday

# 36

難易程度：
★ ★ ★ ★ ☆
☆ ☆ ☆ ☆ ☆

# I Spy

文：Jean Marzollo　圖：Walter Wick

**推薦理由**

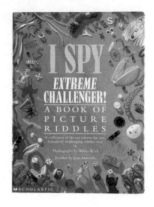

《I Spy》系列套書，在美國是家喻戶曉，小孩童年時必讀的一套「**找找看**」繪本。**雖然說是繪本，其實也是攝影集**，作者十分巧妙的把許多要找的小東西，先放在左頁，然後再拍攝一張十分複雜的照片放在右頁，讓孩子**在右邊的照片中，找出左邊的物品藏在哪裡**。

本系列一開始是大開本的書，分為基本、進階，以及超級進階的難度。但是因為太受歡迎了，所以後來也出了**小開本的橋梁書**，和比較簡單的**自然發音法用書**。我曾在第一章介紹過自然發音法用書，在這裡則是希望讀者能夠閱讀作者 Walter Wick 原本創作的版本。

除了利用左右頁對照來找東西外，書的最後通常會收錄一些其他的物件，讓孩子可以回頭去找東西藏在哪裡，家長也可以機動性的跟孩子進行互動。

Walter Wick 後來還有一系列很類似的套書《**Can You See What I See?**》，有興趣的話也可找來讀一讀。

《I Spy》系列也有改編成原創動畫，Scholastic 出版社的官網也有「I Spy 找找看」的互動遊戲，家長都可以找來跟孩子一起練習英文。

我家小熊哥從美國回台定居後，就是因為忘不了也太喜歡這一系列的書，等回來台灣後，他還拜託我從美國的 Amazon 網站，買《I Spy》系列的互動光碟給他，玩遊戲學英文。

如今，各位家長可以**直接到 Scholastic 出版社，找到這些免費的互動遊戲**，真的是太幸福了！請記得一定要好好的利用一下。

I SPY: A SCHOOL BUS Riddles by Jean Marzollo | Read Aloud Books

觀看次數：1,712次・2018年8月3日　　　　👍 18　👎 3　　↗ 分享　≡+ 儲存　・・・

**朗讀範例** ▶ ▶ ▶

 A School Bus

 作者 Walter Wick專訪

## 37

難易程度：

★ ★ ★ ★ ★
☆ ☆ ☆ ☆ ☆

# Clifford

文／圖：Norman Bridwell

**推薦理由**

這個系列的主角，是一隻**紅色的超級大狗**，名字就叫做 Clifford。剛開始的時候，Clifford 是一隻很可愛的小狗，沒想到這隻狗可能得了**「巨人症」（巨狗症）**，變得愈來愈大、愈來愈大，最後**比主人家的房子還要大**！所以，主人全家搬到了一座小島，買了一間大房子，有很大的院子讓 Clifford 可以跑跑跳跳。接下來的故事，就是小主人 Emily 與 Clifford 住在這座小島，與小島上人們互動的各種故事。

這套書的動畫影片，**經常在美國公共電視台的兒童頻道重複播放**，因此 Clifford 在美國，也算是家喻戶曉的卡通明星，更是 Scholastic 出版社的一棵長青樹！

Clifford 的故事，除了有他長成大狗的系列，也有他在**可愛迷你小狗時代**的系列。所以同樣建議家長，可以先上網去找不同系列的動畫給孩子欣賞，接下來再去找相關的書籍，與孩子共讀或自行閱讀。等到孩子認同動畫裡的主角後，對於閱讀書籍的接受度，就會大大的提高，這也是我以前養成三隻小熊閱讀習慣的做法。

同時，在 **Scholastic 出版社的官網**，也有關於 Clifford 的小短片，以及互動遊戲，建議家長可以跟孩子一起玩遊戲、練英文！

不過在動畫系列裡，有一個我不太欣賞的角色 Jetta，很明顯看起來就是描述一個有錢的華裔小孩，也是個**自私、愛炫富的孩子**。在各種故事的閱讀中，這類角色會讓人們對**華裔族群有負面的刻板印象**，個人認為，這是一個錯誤的角色設定。除此之外，這套書都是一些很可愛的故事。在此也提醒家長：親子共讀時，記得要適時說明，並**排除此一族群偏見。**

建議小小孩可以去官網玩玩看 **Clifford 的互動遊戲**，如果孩子有興趣，再去圖書館借英語書念給孩子聽。我家迷你熊也是這樣開始愛上聽 Clifford 的故事的！

Clifford and the Big Storm

觀看次數：72,279次・2014年3月19日　　👍 118　👎 14　↗ 分享　≡+ 儲存　…

**朗 讀 範 例** ▶ ▶ ▶

clifford生日派對朗讀

Clifford官方網站

085

## 38

難易程度：

★ ★ ★ ★ ★
☆ ☆ ☆ ☆ ☆

# The Backyardigans

動畫改編繪本系列

**推薦理由**

這個系列中譯為「**花園小尖兵**」，是美國知名**卡通頻道 Nick Jr.** 頗受歡迎的**兒童音樂冒險節目**。

這套動畫獲獎無數，2008 年獲雙子星獎最佳動畫影集提名、2007 年獲艾美獎最佳動畫師獎、2008 年獲艾美獎傑出特別動畫獎。由於太受歡迎，所以依照動畫故事出了一系列童書繪本。

動畫的每一集都有不同的美好配樂，我家孩子喜歡跟著主角唱歌、跳舞，故事都是講後院裡一起玩的想像，主人翁**在故事中盡情發揮想像力**，想像自己去荒島尋寶、到美國西部探險，或是搭乘太空船去宇宙遊歷！藉由故事中的許多圖像，孩子可以快速理解故事內容，並且讓孩子培養想像力。

這套動畫我家兒子在美國時超喜歡，但是圖書館只借得到幾片，所以我曾到**開車一小時遠的影帶出租店去借**！如今，節目在 YouTube 上正式成立了官方頻道，孩子想看隨時都有正式授權的影集，真是太幸福了！

這套書的英語繪本是我家迷你熊四到六歲的睡前閱讀，雖然用字比較難一些，卻是他當時最愛的繪本故事，因為他有看過動畫，對故事角色的認同感很高。所以建議家長可以先讓孩子看看動畫，然後再漸漸轉為共讀繪本。

OF THE SINGING PILOT" - Read Aloud |

👍 喜歡　👎 不喜歡　↗ 分享　🗐 儲存　…

#thebackyardigans #travel #Arabian
THE BACKYARDIGANS "THE TRAVELER'S TALE" - Read Aloud | Storybook for kids, children

觀看次數：19,668次・2018年1月21日　👍 喜歡　👎 不喜歡　↗ 分享　🗐 儲存　…

朗 讀 範 例 ▶▶▶▶

The Traveler's Tale

Flight of the Singing Pilot

# 第3章

# 基礎橋梁書

# 選書說明

## 進入英語橋梁書的世界

本章要介紹的，是**有數字分級的橋梁書**，還有我覺得很適合剛開始進入英語閱讀世界孩子讀的書。這章選的都是最初階的，也就是 **My first** 及 **Level 1** 的**英語橋梁書**。目前市場上已經有很多英語分級讀本，分類做得很好，都是專業編輯根據研究教學經驗所編列，適合不同閱讀程度的孩子。在此列出**幾個比較重要的出版社與書系**，或是挑選一些網路上有朗讀範例的橋梁書，給大家練習閱讀，建議家長可以多多比較。

## 比較有口碑的英語分級讀本

1. **I Can Read**（HarperCollins 出版）
2. **Ready-to-Read**（Simon Spotlight 出版）
3. **Step into Reading**（Random House 出版）
4. **All Aboard Reading**（Grosset & Dunlap 出版）
5. **Scholastic Reader**（Scholastic 出版）
6. **Penguin Young Readers**（Penguin 出版）
7. **The Usborne Reading Program**（Usborne 出版）
8. **Oxford Reading Tree**（Oxford 出版）

這些書都可以到**圖書館借閱**，或是直接到**敦煌書局、三民書局、誠品書店**，或是其他網路書店尋找，或是到**書酷英文書店**購買二手書，我自己就常常買二手書，便宜又實用。

其實第二章的繪本，有些也很適合當做橋梁書，甚至用詞比本章介紹的還要難！所以請依孩子程度，循序閱讀。基本上，上述的橋梁書都可以找來共讀或自行閱讀，只是建議還是要**依據孩子的興趣，做出不同的選擇**，接受度會比較高。此外，雖然本書提供許多影片範例，但請家長還是要**鼓勵孩子拿書起來讀，不能只看影片**，這樣未必真的能自行閱讀！接下來就開始介紹基礎橋梁書，不難，可輕鬆漸進式的上手，從**每天至少讀 10 到 30 分鐘**開始吧！

# Is That You, Santa?

文／圖：Margaret A. Hartelius

**推薦理由**

本書的中文譯名為：**聖誕老人，是你嗎**？

在此特別要介紹的是「All Aboard Reading」橋梁書，出版社會把孩子**應該要學的、重要的新單字**，先用圖形在一頁呈現，如 tree、bed、door 等，也會畫上**相對應的圖案**；在另一頁的內文中，這些圖形會出現，讓孩子可以看到圖形，然後能說出這個單字與整篇文章。

這套橋梁書的原理是：在閱讀初期，也許孩子因**自然發音法還不熟、**不太會認讀單字，但是會認圖形，**所以可以藉由圖形符號，念完書中的整段句子**。

如果母語是英語的人，其實在能自行閱讀之前，對於聽過的字彙量，已經是十分豐富的，這也是為什麼我希望家長在讓孩子進入自行閱讀之前，**一定要好好培養英語聽力**。

如果孩子的聽力有待加強，請參考我之前的兩本著作：《**小熊媽的經典**

英語繪本 101+》與《小熊媽親子學英語私房工具 101+》，讓孩子從每日鍛鍊聽力開始。**自然發音法需要有很好的聽力**，才能水到渠成，當孩子在腦中已經累積了很多聽來的字彙，看到文字時才能夠把字彙串成有意義的單字。

本書十分可愛，描述在聖誕節前一天的夜晚，小孩子期待聖誕老人來送禮物，但是他怎麼等都等不到，一有動靜都是以為聖誕老人來了，結果都不是，最後還是被逼著上床睡覺了。第二天醒來，他發現聖誕老公公真的來過了！

如果孩子對於認讀字彙，還無法十分熟練，建議從此系列「**All Aboard Reading**」的橋梁書開始，讓孩子進入英語閱讀的世界。朗讀範例裡還有其他兩本，推薦家長參考。

還是要強調：**英語閱讀能力，絕對不是憑空就能出現的**，請每天與孩子至少共讀 10 到 30 分鐘，也務必加強英語聽力，漸漸的孩子就能夠自行閱讀了。

**朗 讀 範 例** ▶▶▶

 台灣媽媽的朗讀，聲音表情豐富

 延伸閱讀：Lots of Hearts

 延伸閱讀：In a Dark Dark House

難易程度：
★ ★ ☆ ☆ ☆
☆ ☆ ☆ ☆ ☆

# I Am Science Readers

文：Jean Marzollo　圖：Judith Moffatt

推薦理由

這套科學讀本套書，以簡單易讀的詞句，讓孩子**用英語認識身邊的世界**。毛毛蟲是怎麼變成蝴蝶的？種子是如何發芽的？葉子為什麼會變紅呢？這些孩子常問的問題，都可以在《I Am》系列中得到解答。

這套書的特色，就是那些**栩栩如生、生動活潑的紙雕插圖**！還記得我家孩子在看《I Am Water》那一本時，一直問我：「媽媽，誰剪的這些插畫啊？怎麼可以把海洋的海浪、飲水機的噴水、寶寶澡盆的水，還有冰水裡的冰塊，剪的那麼像真的？真是太神奇了！」

沒錯，這套系列繪本，講的雖然是**自然科學**，卻也是一套很好的**藝術欣賞作品**，我家孩子與我，最喜歡仔細欣賞每一頁的紙雕藝術，一起發出讚嘆！這種用紙雕來講科學的書，應該是史無前例、獨樹一格吧？

《I Am Science Readers》系列共有**10 本科學讀本**，套書含朗讀CD，書目如下：

- I Am Snow
- I Am Water
- I'm a Seed
- I Am Planet Earth
- I Am an Apple

- I'm a Caterpillar
- I Am Fire
- I Am a Leaf
- I Am a Rock
- I Am a Star

I Am Snow | 나는 눈이야 [English]

觀看次數：1,652次・2018年1月24日　　　👍 11　👎 2　↗ 分享　➕ 儲存　⋯

 I Am Snow

 I Am Water

## 41

難易程度：
★ ★ ☆ ☆ ☆
☆ ☆ ☆ ☆ ☆

# Pete the Cat (I Can Read)

文／圖：James Dean

推薦理由

這套書的主角，被我家三隻小熊戲稱：**沒有嘴的貓**！（Hello Kitty 的親戚？）總之這是一套有喵星人的橋梁書！Pete 是一隻深藍色的貓，臉上沒有什麼表情，最大的特徵就是那**一雙琥珀色的、有時還不太對稱的大眼睛**。他很喜歡唱歌，每次講到什麼事情，接著就要唱一首歌。

不過，千萬不要小看這套畫風看起來很童趣、樸素的橋梁書，這套書在 **YouTube 的朗讀影片，點擊率超級高**！像我家兒子很喜歡的《I love my white shoes》，就有五百多萬次的點閱率。

在《I love my white shoes》這本書裡，Pete 有了一雙白色的新球鞋，他邊唱歌邊往前進，但不小心走到草莓堆上（當然是沒什麼邏輯可言的場景）！所以，白球鞋就染成了粉紅色。然後他又不小心走到藍莓堆上！（熊董問：為什麼路邊會有一堆藍莓？）於是，球鞋又變成了藍色。

接下來他又走到泥巴堆中，球鞋又變成了咖啡色！可想而知，這本書要講的主題是顏色。最後他走到了水桶裡面，鞋子就恢復成原來的白色了。

Pete 這系列的故事，內容雖然很簡單但十分的生活化，網路上的朗讀範例有配上歌唱音樂，活潑有趣，難怪點閱率超高。家中若是有喜歡喵星人的孩子，會對這套書特別有共鳴。推薦大家可以先找一系列的網路影片來看，然後再去找原文書來讀。

Pete the Cat and His Four Groovy Buttons | Read Aloud

觀看次數：575,697次・2017年10月18日　　👍 453　👎 143　➤ 分享　☰+ 儲存　•••

朗讀範例 ▶▶▶

 pizza party

 I Love My White Shoes

 PETE'S BIG LUNCH

## 42

難易程度：
★★☆☆☆
☆☆☆☆☆

# Biscuit (I Can Read)

文：Alyssa Satin Capucilli
圖：Pat Schories

推薦理由

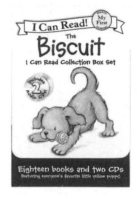

在第一章介紹**自然發音法**的套書中，曾出現過 Biscuit，現在這裡要講的是**橋梁書的系列作品**。事實上 Biscuit 這個角色，**最早就是在橋梁書的市場大放異彩！**後來因為太受兒童歡迎，才往前延伸出了以自然發音法為主、內容更簡單的套書。接下來，請大家看看 Biscuit 本尊，是如何出現在兒童文學的世界。

藉由這套橋梁書，我們會更了解 Biscuit 活潑生動的小世界。Biscuit 是一隻黃色的中型犬，在這套屬於最初階（**My First**）的橋梁書系列裡，他會去學校、會去農場玩，喜歡和其他小狗一起玩耍，還認識了班上的寵物小兔子，甚至喜歡餵其他的寵物吃飯。

有時候他會去找許多有趣的朋友，也喜歡去花園裡玩耍，更有趣的是，他還會去圖書館。除此之外，他也會和小主人一起去露營。每一頁的字數不多，**大約幾個簡單的描述句**，但配上栩栩如生的插畫，讓 Biscuit 好像就活生生出現在我們的眼前！

這套系列的插畫十分溫暖，用詞也很簡單，由於故事十分溫馨，非常適合剛開始自行閱讀的孩子，是讓孩子進入橋梁書世界的一套好書！這套書也是**我兒子與我進入英語橋梁書世界的第一套書**，在此與大家分享這美好的回憶。

Biscuit Takes a Walk by Alyssa Satin Capucilli
Biscuit Takes a Walk by Alyssa Satin Capucilli
觀看次數：12,955次・2016年5月8日

朗讀範例 ▶▶▶

 清晰的女聲朗讀

 Biscuit Takes a Walk

# Noodles

文／圖：Hans Wilhelm

推薦理由

美國因為**地方大**，**養寵物的人很多**，許多**橋梁書都會以動物為主角**，讓小讀者更有**認同感**。前面介紹了 Biscuit 這隻可愛的小狗，現在要介紹的另外一套橋梁書，也是與小狗有關，叫做 **Noodles**。

Noodles 是一隻毛茸茸的白色小狗，他有時候很迷糊，有時候卻又機智不已！譬如在《I Am Lost!》裡面，Noodles 想要去追一片好漂亮的紅葉，所以從家裡跑出去，他跑著跑著，終於咬到紅葉的時候，才發現他已經迷路了！

然後他在路邊哭泣，不知道該怎麼辦，這時他展現了**汪星人強大的能力**！他心裡想著：我要找一個警察來幫我！於是就真的找到一位警察伯伯，一直舔他的腳，然後用吠聲告訴他說：「我迷路了！」由於他的項圈上有家中的地址，警察伯伯就把 Noodles 抱回去，平安的回到家中。

這個系列的故事，都是我們生活中常見的故事。另外像是《I Lost My Tooth!》，就講到 Noodles 要換牙，但他不小心把掉下來的牙齒弄不

見了！最後，他還是想辦法找到這顆牙齒，然後第二天牙仙子就送來了點心，讓他很高興。其實，Noodles 的生活就像是**孩子平日的生活**，只是由小白狗來演出，就變得可愛又有趣多了！

這套系列的橋樑書，用詞也都非常的簡單，每頁大約都只有一句話或兩句話，**十分適合給剛開始自行閱讀的孩子**，或者是親子共讀的第一階段使用。

It's Too Windy by Hans Wilhelm | Fun books for kids read aloud!

觀看次數：10,239次・2017年4月14日　👍 29　👎 4　➤ 分享　☷ 儲存　•••

**朗 讀 範 例** ▶ ▶ ▶

 I Hate My Bow!

 I Lost My Tooth!

 It's Too Windy!

**44**

# Dr. Seuss's ABC

文／圖：Dr. Seuss

推薦理由

這本書其實在藍書已經有介紹過，不過因為是**很重要、很重要的橋梁書**（美國小學必讀），因此不厭其煩的請家長務必與孩子共讀，或在重新讓孩子練習自己讀。

最受兒童歡迎的作者**蘇斯博士（Dr.Suess）**，自 1937 年出版第一本書以來，一共創作了 48 本圖畫書。銷售量達兩億冊，有超過 20 種語言的譯本，在美國歷年童書暢銷排行榜上，總是包辦前六名。

世界最重要的兒童文學大獎，從來沒有缺過蘇斯博士的名字，包括美國圖畫書最高榮譽的**凱迪克大獎、普立茲特殊貢獻獎**，還有兩座**奧斯卡金像獎**！是的，他的作品也被改編成了電影。

《Dr. Seuss's ABC》可以說是美國孩子橋梁書的經典，幾乎每一個小孩在小學階段都會讀到。事實上，只要是受孩子歡迎的動畫或書籍，系列作多半會有一本所謂的「ABC 讀本」，來介紹 26 個字母開頭的詞彙。

不過這一本大概是經典中的經典，蘇斯博士發揮了一貫**天馬行空的奇想**，在書中創造出很多有趣的、你從未聽過的生物名稱，來套用在英文字母上，同時又有韻文和繞口令的意味，讓孩子讀了都會捧腹大笑！

接下來，還會陸續介紹幾本美國小學必讀的蘇斯博士著作，也是初學英文的必讀橋梁書，請家長一定要找來看看！

Dr. Seuss's ABC: An Amazing Alphabet Book! song

Dr. Seuss's ABC: An Amazing Alphabet Book! song

**朗 讀 範 例** ▶ ▶ ▶

邊彈邊唱的朗讀版本

活潑的動畫朗讀

## 45

難易程度：
★★★☆☆
☆☆☆☆☆

# The Cat in the Hat

文／圖：Dr. Seuss

推薦理由

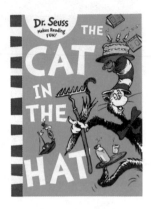

本書的中文版譯名為《**戴帽子的貓**》，應該是蘇斯博士最有名的一部作品。不但被翻拍成卡通動畫，甚至還拍成真人電影！

美國教育協會將蘇斯博士的生日，即 3 月 2 日，定為**全美誦讀日**。在這天，人們**互相朗誦蘇斯博士的作品**，把這做為一項有趣的公民義務。尤其是在學校，美國小學在紀念日當天，有很多老師都會戴著一頂**紅白條紋的高帽子**（就是本書貓咪所帶的帽子），來紀念這本有趣又好玩的書。

本書故事是：在一個下雨天，一對兄妹無聊的待在家裡，卻突然闖來了一隻戴著紅白條紋高帽子的貓咪。這隻貓想讓他們做很多搞笑的事情，但家裡的金魚十分反對，因此就出現了各種古靈精怪的對話。

不過，貓咪把家裡弄得翻天覆地之後，又用神奇的機器把家裡都恢復原狀，所以當媽媽回家時，好像什麼事都沒發生一樣，但事實上，兄妹倆已經跟著貓咪一起做了好多好多有趣的事情呢！

建議家長可去找其他蘇斯博士作品翻拍而成的電影，是走入蘇斯博士世界不錯的入門磚！

目前他有四部作品已經被拍成電影，中譯片名分別是《**鬼靈精**》、《**戴帽子的貓**》、《**荷頓奇遇記**》、《**羅雷斯**》，在此一併推薦給大家，可以上YouTube 或圖書館 DVD 區找找看！

The Cat In The Hat (Read Aloud)

The Cat In The Hat (Read Aloud)

觀看次數：65,502次・2017年2月2日

朗 讀 範 例 ▶ ▶ ▶

親切的女聲朗讀

電影版預告

## 46

難易程度：
★★★☆☆
☆☆☆☆☆

# Green Eggs and Ham

文／圖：Dr. Seuss

推薦理由

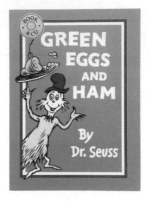

本書的中文版譯名為《**綠火腿加蛋**》，是一本**超有趣的繞口令韻文書**，也是美國在紀念蘇斯博士時，老師與小學生喜歡朗讀的一本書。

本書使用的字非常少！是因為蘇斯博士和人打賭，**表示他可以用很少的字，來寫成一本有趣的童書**，於是就誕生了這本書。雖然書裡真正用到的單字並不多，卻可以透過層層堆疊的方式，讓故事趣味橫生。在蘇斯博士拿手的繞口令韻文中，你會發現有許多不可思議的場景出現，十分有趣。

故事是以第一人稱進行，主角是**喜歡逼別人試吃的 Sam**，還有被 Sam 緊緊追趕、被逼著吃綠火腿加蛋、不堪其擾的「**我**」，兩人發生了許多有趣的對話。最後，我還是屈服在 Sam 堅毅不撓的鼓勵下，吃了綠火腿加蛋，發現自己還滿喜歡的耶！

我家兒子看完後說：「像這樣窮追爛打，不想試吃都不可能。」但他自己還是不會去試綠色的火腿和雞蛋，因為那擺明是**發霉的顏色**！

本書有提到許多介系詞的使用，例如：in a house、with a mouse、in a box、with a fox、on a train、in the rain、with a goat、on a boat 等，算是很好的文法示範書。

故事雖然十分單純，但是又充滿了無厘頭的搞笑，許多孩子念到最後，都會當成是有趣的繞口令來看。真誠推薦！

Dr. Seuss - Green Eggs and Ham

Dr. Seuss - Green Eggs and Ham
觀看次數：22,423次 • 2018年6月28日

**朗讀範例** ▶ ▶ ▶

發音清楚的女聲朗讀

清澈響亮的歌唱版本

難易程度：
★ ★ ★ ☆ ☆
☆ ☆ ☆ ☆ ☆

# Hop on Pop

文／圖：Dr. Seuss

推薦理由

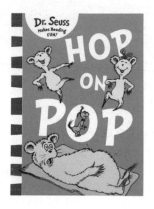

跟許多蘇斯博士的著作一樣，《Hop on Pop》沒有從頭到尾、完整敘述的情節，也沒有什麼起承轉合，而是以**每兩頁、或是數頁的短篇迷你故事**，貫穿整本書。舉一段書中有趣的範例：

> Up　Pup　Pup is up.
> 在上方／在上方／小狗在上方。
> Cup　Pup　Pup in cup.
> 杯子／小狗／小狗在杯子裡。
> Pup　Cup　Cup on pup.
> 小狗／杯子／杯子在小狗背上。

若隨意讀過這三段句子，似乎沒有太大意義，但如果**搭配著書中的插畫**，就可以看到坐在杯中的小狗，與背起杯子的小狗相對照，孩子就能恍然大悟：原來這些字串，很有意思！

再舉另一個例子：

> See　Bee　We see a bee.
> 看見／蜜蜂／我們看見一隻蜜蜂。
> Three　Tree　Three fish in a tree.
> 三／樹／樹上有三條魚。
> Fish in a tree? How can that be?
> 樹上有魚？那怎麼可能？

書中**不斷出現押韻的節奏**，為了醒目，也放大押韻字，配合詼諧逗趣的圖像，讓小讀者印象深刻。

整本書運用**很多簡短且字尾拼法、讀法相同的單字**，寫出一頁頁各自獨立的趣味小品。每頁都只有 5 到 10 個單字，搭配插畫，就能讓讀者笑到噴飯，不得不佩服蘇斯博士的文字功力，與他天馬行空的想像力！

**朗讀範例** ▶ ▶ ▶

有輕鬆配樂的歌唱版本

類似書籍：Ten Apples Up On Top!

## 48

難易程度：

# One Fish Two Fish
# Red Fish Blue Fish

文／圖：Dr. Seuss

**推薦理由**

本書也是蘇斯博士的知名傑作，光看書的封面標題，你可能會以為這是**談顏色**、或者是**談魚類**的故事。但事實上，這本書並不全是如此，而是穿插著許多不同的場景，讓你有時會招架不住這天馬行空的奇想！

本書一開始，的確是在介紹魚，不過是各種不同體型、或者是顏色、或者是不同脾氣，甚至身上有星星的魚。但是接下來，就講了許多不同的生物，有的動作很快、有的動作很慢，書中充滿了**你也說不上來確切是什麼的生物**。

但很確定的一點是：孩子在朗讀這些韻文的過程中，可以**學到許多不同的形容詞**！

串聯故事的，書中比較常出現的主角，是一對小兄妹，他們**用旁觀的角色來看待這些神奇的生物**，比如有的生物有十一根手指頭，有的有許多的不同的駝峰。

書裡有很多蘇斯博士**自創的生物名稱**，例如 gox、inn 等，這些生物主要都和他的韻文押韻有關。當小朋友看到蘇斯博士自創生物的奇特造型，加上有趣的韻文，毫不例外的都會受到吸引！

One Fish, Two Fish, Red Fish, Blue Fish

454,615 👍 1290 👎 196 ↱ 分享 ☰+ 儲存 ⋯

One Fish, Two Fish, Red Fish, Blue Fish

觀看次數：454,615 👍 1290 👎 196 ↱ 分享 ☰+ 儲存 ⋯

**朗讀範例** ▶▶▶

畫面有逐句提示的女聲朗讀

有將近 50 萬點閱的精彩朗讀

## 49

難易程度：
★ ★ ★ ☆ ☆
☆ ☆ ☆ ☆ ☆

# Are You My Mother?

文／圖：P.D. Eastman

推薦理由

這本書曾經在藍書介紹過，也是非常重要的一本書，這次可以請孩子拿出來**練習自己朗讀給爸媽聽**。

書名直譯為：**你是我媽媽嗎**？其實，本書並不是蘇斯博士所作，但是在美國我參加的**「蘇斯博士讀書俱樂部」**裡面，有把這本書和蘇斯博士的作品合為一系列作品，給孩子當做入門的橋梁書，可見本書的重要性。

由於故事十分的有趣可愛，因此在此特別推薦給大家。故事是講一個鳥媽媽在孵蛋，她發現蛋在動，於是她想：「喔～我要趕快找食物，給我的小傢伙吃，免得他出生了，沒有東西吃會餓肚子！」

結果很不巧，鳥媽媽飛出去的時候，小傢伙就破殼而出了！他說：「媽媽，你在哪裡呢？」於是爬出鳥巢，結果掉到了地面，然後就開始了一連串**找媽媽的奇妙大冒險！**

他會問小貓，也問小狗：「你是我媽媽嗎？」當然都不是！

接下來，他跑去更遠的地方去探險，他問挖土機、問飛機、問輪船：「你是我媽媽嗎？」這些當然也不是，更不會說話回答他。

小傢伙找不到媽媽，十分傷心，沒想到不小心掉到挖土機上面，挖土機又陰錯陽差的，把他送回原來的鳥巢裡！這時鳥媽媽終於回來了，看見自己心愛的鳥寶寶，給他吃了好吃的東西，母子都很開心。

**「找媽媽」這個主題，總是很能吸引孩子閱讀**，因為母親對他們而言，是一個重要的、不可分離的角色，因此這個故事雖然簡單，但一直以來都很受到兒童的歡迎，在此也鄭重推薦給大家！

"ARE YOU MY MOTHER?" Children's Story Read Aloud (Bright & Early Board Books)

**朗讀範例** ▶ ▶ ▶

 感情豐富的男性朗讀

 語調生動的女聲朗讀

# 50

# Go, Dog. Go!

文／圖：P.D. Eastman

推薦理由

本書也是我在美國參加「蘇斯博士讀書俱樂部」時得到的系列好書之一。

內容講的是關於狗的故事，本書雖然也不是蘇斯博士所作，但是也能教孩子十分重要的文法，比如說：**在裡面（in）、在上面（on）、在下面（under）這些介系詞等等**，在書中都有很多描寫。

本書描繪了很多狗狗可以一起做的趣事，例如一群狗一起睡覺、一起玩耍、一起開車，甚至一起爬到樹頂開派對，都是十分活潑好笑的敘述。貫穿全書的、也是最有趣的角色，是一隻**狗貴婦**，她總是很有禮貌的問主角（當然也是狗）說：「**你喜歡我的帽子嗎**？」可惜的是，每一次主角都說：「**不，我不喜歡**！」

然後他們就這樣冷冷的告別了。兩狗的帽子對談，巧妙的穿插在不同的段落中，經過好幾次重複後，最後所有的狗，都到一個很大的樹頂上，舉行大型狗派對。這時候狗貴婦又出現了，這次她的帽子可說是絕無僅有的、超級複雜好笑的！

此時，主角狗終於忍不住笑著說：**「是的，我很喜歡你的帽子！」**

故事的結尾，是這兩隻之前都很冷淡的狗，一起搭乘車子離去，留給讀者無限的想像空間。

當然，這個故事跟蘇斯博士的作品很類似：十分的無厘頭，但是類似蘇斯博士的**韻文**，以及**十分有趣的介系詞使用方式**，都能讓孩子在開心閱讀時，學到語文的微妙與有趣之處。

Go, Dog. Go!

Go, Dog. Go!

觀看次數：58,539次・2016年1月26日

**朗讀範例** ▶ ▶ ▶ ▶

運鏡活潑的朗讀影片

搭配趣味音效的男生朗讀

## 51

難易程度：

★★★☆☆
☆☆☆☆☆

# Little Critter (I Can Read)

文／圖：Mercer Mayer

**推薦理由**

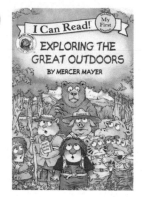

在之前的《小熊媽的經典英語繪本 101+》，我曾經有介紹過《Just Grandma and me》，就是作者讓這系列成為暢銷作品，打響的第一炮。喜歡 **little Critter** 的小讀者，我很鼓勵繼續閱讀這一系列**橋梁書**。

主角 Critter 是一隻毛茸茸的小動物，**critter** 這個單字，就是指**小動物**的意思。雖然這套書中文有人叫他「**小毛怪**」，我個人還是建議叫他 little Critter 就好，因為，他其實**一點都不怪，而且還很友善**。

作者在後來的系列書籍中，有安排 Critter 跟著媽媽、爸爸，或跟著表兄弟、小妹妹，還有養寵物等有趣的主題，討論人際相處；其他甚至還有去學校、去海上、去各種地方探險，分享許多有趣的人生歷練！

我的兒子很喜歡 Critter 跟堂哥相處的那一本《Just Me and My Cousin》，內容描述有一天，有一個很頑皮的堂哥（或者是表哥）來找他，這個堂哥總是愛亂玩他的玩具，甚至把他騙到樹上，還把下來要用的樓梯拿走。

但主角 Critter 總是那麼的心地善良，他還是能看到堂哥的好處，所以最後兩人又言歸於好。

本系列用字十分淺顯易懂，但故事內容十分有趣，都是**生活中孩子常常會遇到的場景**，因此閱讀時會有很高的認同感。

little Critter 系列也有繪本，建議家長可以把系列所有的朗讀範例都找來看，讓孩子除了對英文有更多興趣外，對於生活上的許多事情也會有新的想法和體驗。

Cousin

觀看次數：129,594次・2015年10月5日　　👍 224　👎 41　↗ 分享　≕ 儲存　・・・

**朗 讀 範 例** ▶ ▶ ▶

　Just Me and My Cousin

## 52

難易程度：

★ ★ ★ ☆ ☆
☆ ☆ ☆ ☆ ☆

# The Syd Hoff (I Can Read)

文／圖：Syd Hoff

**推薦理由**

Syd Hoff 是**美國著名的猶太裔漫畫家**，從小就喜歡畫畫，在他十六歲時，美國知名漫畫家 Milt Gross 就曾對他說：「孩子，有一天你會成為一位偉大的漫畫家！」

同年，他進入了紐約市國家設計學院。十八歲時，《紐約客》雜誌買下了他的第一幅漫畫，之後又陸續收購了他的 571 幅漫畫。

Syd Hoff 畢生著作超過 60 餘本，其中最受讀者喜愛的，莫過於 I Can Read 系列中的《**Danny and the Dinosaur**》、《**Oliver**》和《**Sammy the Seal**》等書。

觀察他筆下的人物，個個都像孩子一般善良、大方，且充滿了對世界的好奇心。在此推薦《**The Syd Hoff**》**套書的 12 本作品**，用詞淺顯，故事張力卻很強！很適合剛開始接觸英語的小讀者。

《The Syd Hoff》套書共有 12 本讀本與 2 片 CD，書目如下：

- Mrs. Brice's Mice
- Stanley
- Captain Cat
- Chester
- Danny and the Dinosaur
- Danny and the Dinosaur Go to Camp
- Happy Birthday, Danny and the Dinosaur!
- Oliver
- Sammy the Seal
- Grizzwold
- Who Will Be My Friends?
- Barney's Horse

Sammy the Seal

觀看次數：22,583次・2016年7月4日　　　👍 83　👎 10　↗ 分享　☰+ 儲存　•••

朗讀範例 ▶▶▶

　Danny and the Dinosaur

　Sammy the Seal

**53**

# Robin Hill School (Ready to Read)

文：Margaret McNamara
圖：Mike Gordon

**推薦理由**

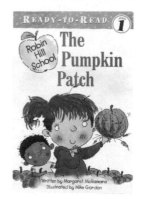

這套書是 Ready to Read 的系列橋梁書，有點像是台灣作家**王淑芬《君偉上小學》的第一本**，講的是美國小學**一年級學生，在一整年所發生有趣的校園故事**！在書系介紹就有清楚的說明：

Join the students in Mrs. Connor's first grade class as they adopt a class pet, grow a garden, celebratee all the holidays of the school year, and more!

作者生動的描寫了一年級學生在康納老師的班級裡，鮮明的校園生活。例如他們一起養了一隻班級寵物、一起去花園種菜、一起做情人節的卡片，當然也會一起學習。雖然有的時候，也會發生一些紛爭。

這個年紀是孩子開始**掉牙齒**的時候，因此書裡面也有談到掉牙的事情；書中甚至提到了美國小學生**如何舉辦選舉日**的活動，讓孩子提早體認到

民主政治的程序；在落葉翩翩的秋天，他們會一起去田裡**採南瓜**、一起度過開心的**感恩節**；最後，就是他們在學年結束的時候，有一場美好的結業式！

讀這套書時，會讓我家小熊想到以前**在美國念小學**的情景，因為各種事件的氛圍與場景都十分的吻合。也因為這樣，美國的孩子在讀這套書時，會將自己的校園生活投射在書裡面，感覺特別的親切！

在此建議家長可以找這套橋梁書來給小孩看，尤其是小一、小二的孩子，或者是幼稚園大班的孩子，讓他們對美國的校園生活有更進一步的了解，也可以讓他們思考，這些與我們的校園生活有何不同？

The Playground Problem
觀看次數：2,417次 · 2016年11月14日　　👍 12　👎 4　↗ 分享　⊟ 儲存　⋯

**朗 讀 範 例** ▶▶▶

 The Pumpkin Patch

 The Playground Problem

**54**

# Pinkalicious (I Can Read)

文／圖：Victoria Kann

**推薦理由**

我都稱這系列為「**小粉紅**」！這套書的主人翁，是一個很喜歡粉紅色的小女孩，她喜歡穿粉紅色的衣服，吃粉紅色的蛋糕，想像自己是一位小公主！作者的靈感，來自於她的兩個可愛女兒。

這套書的第一本就叫做《**Pinkalicious**》，故事描述主角很喜歡吃粉紅色的杯子蛋糕，但是因為吃太多了，所以她就變成了粉紅色的！媽媽帶她去看醫生，醫生建議說，不能再吃這麼多粉紅色的蛋糕了，要多吃綠色的青菜才行。最後，小粉紅吃了很多很多的蔬菜，才慢慢恢復正常。

《Pinkalicious》與《Fancy Nancy》系列不太一樣，有人說《Fancy Nancy》比較愛美或是花俏過頭，但是小粉紅就比較像是**家裡可愛的小女兒**，或是**鄰家的小女孩**，感覺比較貼近生活。

在這系列裡，描寫了許多小粉紅生活中的事情。比如小粉紅喜歡和朋友一起裝扮走秀，更喜歡穿著粉紅色的芭蕾舞裙，用彩色的緞帶練習芭蕾舞，也會幻想自己在一個精靈的世界，還有，她喜歡做杯子蛋糕！

有時候她去櫻花樹下，放著粉紅色的風箏；有時候她穿著粉紅色的公主裝和朋友開公主派對；有時候她喜歡去溜冰場，穿著粉紅色套裝，開心的溜冰……

總之，這個平易近人的小女孩，最大的特點就是：**她最愛粉紅色了！**這套書除了有出整套的橋梁書系列之外，也有**精采的動畫片**，在 YouTube 上面可以找得到。最後也附上一些連結，請大家去欣賞相關動畫影片，並鼓勵孩子用書本朗讀。

Pinkalicious Pinkie Promise by Victoria Kann

觀看次數：301,340次　👍 409　👎 83　➦ 分享　⊟+ 儲存　⋯

**朗讀範例** ▶ ▶ ▶

 Soccer Star

 Pinkie Promise

難易程度：
★ ★ ★ ☆ ☆
☆ ☆ ☆ ☆ ☆

# Lego City: Adventures in Lego City

文：Sonia Sander

推薦理由

家裡有小男孩的，一定很難逃過**樂高積木**的魔力！

樂高積木有許多不同的主題，其中**「城市系列」（Lego city）**是一個很重要的主題；有很多我們日常都能夠看見的、各種各樣的城市主題產品。比如說：消防隊與消防車、太空站與太空梭、火車站與火車，以及輪船、飛機等等。出版商很聰明，把這些積木產品，變成了一個個精采有趣的冒險故事！

本系列屬於 **Level 1 橋梁書**，套書包含以下**八個主題**：

**All Aboard**：樂高城市的火車要出發了，裝滿貨物與牲口，路過樂高農場，準時抵達下一站。

**Look Out Below**：樂高人前往探勘金礦，在地下運用特殊的車子與工具，終於找到閃亮亮的金礦！

All Hands on Deck：樂高輪船載滿貨物要出航了，但水手用望遠鏡眺望到一個需要幫助的帆船手，於是大船開去救援他。

Stop that Heist：樂高城市的警察在樂高城博物館參加化裝舞會，正好有四個壞蛋去偷東西，警察順利逮捕了壞蛋！

Ready for Takeoff：樂高機場裡，乘客在托運行李、機場完美運作，順利讓旅客抵達目的地。

3, 2, 1, Liftoff：在樂高太空中心裡，大家正在架起太空梭、準備讓太空梭順利升空，倒數計時……發射！太空人到太空站了，好開心！

Fire in the Forest：樂高救火車出動了，聽說是森林有煙冒出來……原來是露營者烤熱狗？不過，山的另一邊真的起火了，快救火！

Fire Truck to the Rescue：樂高城市發生火警，消防員出動！火災現場救出小狗，最後連直升機都來幫忙滅火，好威風！

每一頁大約只有兩、三句話，很容易理解，曾經是我家**睡前的共讀書**，後來變成**自行閱讀書**。一套書使用了兩次，CP 值超級高！

朗讀範例 ▶ ▶ ▶

All Aboard!

Ready for Takeoff!

# Don't Let the Pigeon...

文／圖：Mo Willems

**推薦理由**

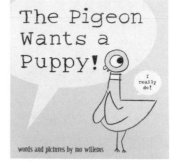

這套書是 Mo Willems 所作的「鴿子系列」，最早的一本《Don't Let the Pigeon Drive the Bus!》，之前曾經在《小熊媽的經典英語繪本 101+》介紹過，講的是**一隻鴿子很想要開巴士**，但是作者會讓小讀者來告訴鴿子：「你絕對不可以開巴士！」鴿子威逼利誘、撒嬌耍賴，都無法達成目的，過程十分搞笑，充滿另一種漫畫幽默。

作者 1968 年生於美國紐奧良，以優異的成績自紐約大學蒂施藝術學院畢業，才華洋溢，被《紐約時報》譽為「**二十一世紀最亮眼的新銳作家**」；筆下的小鴿子，則被視為是近十幾年來最經典的繪本人物。

《Don't Let the Pigeon Drive the Bus!》出版之後，十分受到歡迎，因此之後又出了一系列關於鴿子的故事，包括：別讓鴿子熬夜、鴿子想要養寵物等。書中的主角鴿子，其實就像個小孩子一樣，會撒點小謊、喜歡耍賴，還會跟你撒嬌，以達到他想要做些**小奸小惡**的目的。

由於這套書常常是以**對話的方式**來呈現，因此可以**學到很多關於會話的**

知識。這套書其實並非英語橋梁書的分級讀本，也不算是繪本，事實上我聽說**不少美國家庭都會拿來當做橋梁書**，因此放在這階段的章節中。

在網路上有非常多關於鴿子系列的朗讀，甚至於還有許多小學把故事改編成**讀者劇場**，歡迎大家找來一起欣賞。

The Pigeon Wants a Puppy! by Mo Willems read aloud

觀看次數：11,485次・2018年7月4日　　👍 56　👎 3　➦ 分享　☰ 儲存　…

 朗讀範例 ▶▶▶

 Don't Let the Pigeon
Drive the Bus!

Don't Let the Pigeon Stay
Up Late!

 The Pigeon Wants a Puppy!

## 57

難易程度：
★ ★ ★ ☆ ☆
☆ ☆ ☆ ☆ ☆

# Elephant & Piggie

文／圖：Mo Willems

推薦理由

在出了**鴿子系列**之後，作者 Mo Willems 乘勝追擊，另外出了一套也十分受歡迎的「**大象與小豬**」系列。2008 和 2009 年他分別以《**There Is a Bird on Your Head!**》和《**Are You Ready to Play Outside?**》獲得兩座蘇斯博士獎！

Mo Willems 希望自己筆下的圖，是四歲或五歲的小朋友也能畫，沒有版權問題，他樂見每位小朋友都可以畫出作品中任何一位角色。他的作品充滿童趣，直指人心，很能引起共鳴，深受大小朋友喜愛。

大象與小豬系列，講的是**一隻大象和一隻小豬，兩位好朋友日常所發生的有趣對話**，他們總有一些令人噴飯的故事。這套書的特色，基本上都是**對話的練習**，也就是說，每一頁的畫面都有非常多的對話框，是很好的會話教材，家長或孩子自己可以跟著練習，學著怎麼用英語對話。

最早，我是與孩子共讀此書，我是用**演戲的方式**，把裡面的對話用很誇張的方式呈現，**還用 MP3 把朗讀錄下來**，我家迷你熊十分喜歡。

每次在睡覺之前，若我無法幫他講睡前故事，他就會自己放**大象與小豬的故事**來聽，然後自己捧腹大笑！等聽的次數多了之後，慢慢的，他就可以**自己大聲的朗讀全文**。因此，我也建議家長**先用共讀的方式**，與孩子錄下你們共讀的紀錄，讓孩子多聽幾遍之後，再讓孩子自行閱讀。

整套故事在網路上有十分多的**朗讀範例**、**動畫**，甚至於**讀者劇場**，歡迎大家一起上網欣賞。

Are You Ready to Play Outside?
觀看次數：17,534次・2017年9月24日　　　　👍 55　👎 8　↗ 分享　➕ 儲存　⋯

朗讀範例 ▶ ▶ ▶

We Are In A Book!

I Am Invited To A Party!

## 58

難易程度：
★★★★☆
☆☆☆☆☆

# Splat the Cat (I Can Read)

文／圖：Rob Scotton

**推薦理由**

這套書的中文版譯名為《**貓咪雷弟**》，也是一套講喵星人的橋梁書，但畫風比《Pete the Cat》要精細許多。我兒子戲稱**雷弟是一隻被電到的貓咪**，因為他黑漆漆的身體上，布滿了像是接觸靜電般直立的毛髮！

作者 Rob Scotton 是英國頂尖的插畫家，《Russell the Sheep》（小羊羅素睡不著）是他第一部繪本創作，之後又畫了一系列的《Splat the Cat》，結果大受歡迎！

雷弟就像一團毛茸茸、圓滾滾的小黑炭球，雖然他是貓咪，但他**最好的朋友卻是一隻名叫小摩兒（Seymour）的老鼠**。雷弟的故事主要圍繞在學校，書中可以看到他與朋友一起學唱歌、烤蛋糕、交朋友、組樂團等，學校生活充滿了各式的驚喜和樂趣。

本書內容十分的可愛，系列第一本就是描述雷弟一早起床有些緊張，因為這是他第一天上學。他帶著小摩兒一起去上課，結果在學校裡面，老師告訴他們，貓是很聰明又很棒的生物，身為貓，就是要**捉老鼠**！

這樣讓好奇的雷弟忍不住一直問為什麼、為什麼？為什麼貓咪一定要捉老鼠呢？因為老鼠其實是他的好朋友！他們一起吃飯、睡覺，雷弟實在不想捉老鼠。

老師也不知該如何回答，最後只好說：**「這就是我們的天命！」**沒想到，後來陰錯陽差，小摩兒竟然在教室裡面救了所有的貓咪！老師終於改口說：「貓咪也不一定要捉老鼠啦！」

本書的**用詞比《Pete the Cat》還要深一些**，我個人其實覺得《Splat the Cat》也許出版社應可歸類在第二階段橋梁書，在此也請家長視情況使用。

Read-Aloud of Splat the Cat

**朗 讀 範 例** ▶ ▶ ▶

 搭配情境音樂的女聲朗讀

 Splat the Cat and the Quick Chicks

# Amelia Bedelia (I Can Read)

文：Herman Parish　圖：Lynne Avril

**難易程度：**
★★★★☆
☆☆☆☆☆

**推薦理由**

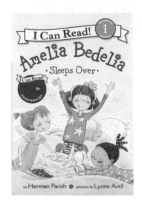

這套書之前在《小熊媽的經典英語繪本 101+》曾經介紹過，如今重新拿出來，是因為這系列**也有出橋梁書的版本**。

除了 **Level 1 橋梁書**之外，這個系列也有 **Level 2 階段的小說**，主角是一位很特別的女僕，她的手藝超群、能做出超棒的蛋糕，但是也有點迷糊、脫線，所以小朋友很喜歡看她好笑逗趣的經歷。

在這個階段橋梁書裡，作者把女主角**拉回到她還是少女的時候**，讓我們看看她**少女時代的有趣故事**。例如：Amelia Bedelia 到朋友家的夜宿派對、努力去運動健身，還有在自家門口擺跳蚤市場等等，這些都是美國生活很常見的風景，讓孩子與這位能幹的女僕，產生更多的認同感！

事實上，這套書常讓我兒子說，讓他想到日本的**女僕餐廳**，可能是因為她在長大後總是穿著女僕裝吧？不過在橋梁書裡面，她可就沒有穿女僕裝了，而是可愛的鄰家女孩模樣。

在此也順便推薦她 Level 2 的故事，包括：Amelia Bedelia 去陪小男孩打棒球、原來她也是愛書的書蟲、如何與主人慶祝聖誕節、如何照顧小寶寶等等。

Amelia Bedelia Under The Weather - Read Aloud Books for Toddlers, Kids and Children

Amelia Bedelia Under The Weather - Read Aloud Books for Toddlers, Kids and Children

**朗讀範例** ▶▶▶

Under the Weather
(Level 1)

Amelia Bedelia

## 60

難易程度：
★★★★☆
☆☆☆☆☆

# Miss Nelson

文：Harry Allard　圖：James Marshall

推薦理由

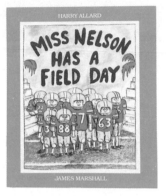

這套書之前我曾經在《小熊媽的經典英語繪本 101+》介紹過其中一本，其實《Miss Nelson》系列總共包含三本超搞笑的故事：

1　Miss Nelson Is Missing
2　Miss Nelson Is Back
3　Miss Nelson Has a Field Day

作者 Harry Allard 與插畫大師 James Marshall 一起創作的《Miss Nelson is Missing》，最早出版於 1985 年，該系列**以師生關係為主題**，提供了相當多有趣的妙事，也讓這系列書籍成為繪本的經典推薦之一。

故事是這樣開始的：Miss Nelson 是一位小學老師，但是因為個性實在太和善了，所以班上的小朋友都騎到她頭上。上課時不聽講就算了，還隨便吵鬧、摺紙飛機等等，於是 Miss Nelson 決定要變成一位**兇狠的巫婆老師**！

她把自己裝扮成一個穿著黑衣服、帶著巫婆面具的人，還改了名字來代課，大家都不知道她就是 Miss Nelson 本人。這位巫婆老師來了之後，所有的學生都乖得像小貓一樣，巫婆老師狠狠折磨學生，他們才開始想念 Miss Nelson 的好！失去的，總是特別值得懷念……所以最後 Miss Nelson 回來的時候，所有孩子都好開心！

由於《Miss Nelson is Missing》推出之後大受好評，還被翻成許多**讀者劇場**和**音樂劇**，因此作者趁勝追擊出了有趣的續集，朗讀範例也有續集的連結，提供給大家參考，建議**把這系列當做橋梁書**來讀。

其實小學生真的很聰明，如果對他們太好，他們真的會爬到老師頭上，現代老師又不能體罰學生，許多孩子真的比較無法無天！身為老師的人看了這套書以後，也可以想辦法變身一下去代課，畢竟孩子對巫婆老師，還是比較懼怕的！（笑）

**朗讀範例** ▶ ▶ ▶

 Miss Nelson is Missing!

 Miss Nelson is Back

## 61

難易程度：
★ ★ ★ ☆ ☆
☆ ☆ ☆ ☆ ☆

# Rhyme Story

台灣自製系統性英語教材

推薦理由

這套書，是我家老三在聽了許多英語繪本後，在**三歲時第一次接觸的系統性英語教材**。由**敦煌書局**發行，全套 24 冊，共分三階段：

· 初階（橘色，130-150 個單字）
· 中階（綠色，150-200 個單字）
· 高階（藍色，200-250 個單字）

這套書除了一般英語教材有的閱讀、歌曲兩部分之外，還多了**戲劇的成分**。仔細看本教材的架構，就可發現，編輯一開始就設定本教材是可以演出**讀者劇場**的，十分有特色。

每本書一開始有歌曲部分，讓孩子可以**唱歌學英文**；然後歌曲會變成一個故事，可以讓孩子**聽故事**；接下來還有**互動活動**、**小作業**等；最後有角色說明圖，以及新的劇本，讓孩子可以**演戲**。每本書都附有一張 CD，上述的內容全部都有實際演練的聲音，可以唱歌、聽單字、聽活動、聽戲劇。

我家老三迷你熊從小聽我講英語繪本，到了三、四歲，我開始轉換這套**正式英語教材**給他使用（當然**英語繪本還是繼續讀**）。他的接受度很高，很喜歡翻閱書和聽 CD，**整套書 24 冊他在五歲前就全部聽完了！**現在也不時拿出來複習，是一套很實惠、高 CP 值的基礎英語家用教材。

迷你熊的第一套英語系統教材，他常常在睡前聆聽。

### 級數與字數對照表

|  | 等級 | 字數 | 句構 |
|---|---|---|---|
| 小班 | 1 | 130-150 | 簡單句 simple sentences |
| 中班 | 2 | 150-200 | 加長句 longer sentences |
| 大班 | 3 | 200-250 | 複雜句 complex sentences |

相 關 連 結 ▶▶▶

敦煌書局官方介紹影片

## 62

難易程度：
依階段而異

# The Usborne Reading Program

系統性套書

推薦理由

這是一套大部頭的套書，我個人是沒有買整套，而是**挑有興趣的單獨購買**。因為套書的問題就在於：**未必所有的書你孩子都有興趣！**但如果家裡經濟狀況不錯，建議可以買一整套書。

The Usborne Reading Program 的宗旨在於**提升兒童的英語閱讀能力**，主題非常多元化，包含許多有趣又耳熟能詳的經典故事，除了文字敘述外，還搭配可愛的插圖，有助於小朋友培養閱讀長篇故事的能力。

內容依難度分成兩大系列，分別是：

1   First Reading
2   Young Reading

Young Reading 系列共有 7 個級數，級數說明如下：

Series 1： 使用廣泛的日常字彙、內容包含幾個短篇故事或是一個故事
編排成幾個章節，題材**以童話故事為主**，句型簡單。

Series 2： 內容的呈現方式多為一個故事，分成多個章節，題材的選擇
**從童話故事延伸至經典文學**，而句型與 Series1 相比之下較
具變化、用字也更有挑戰性。

Series 3： 主題以單一故事為主，題材除上述二種之外，**更廣泛延伸至
人物傳記及歷史**，使用進階的句子結構和字彙，設計更複雜
的情節。

目前市面上比較好取得的是《My First Reading Library》的平裝套
書，一套 50 本。我特別推薦**平裝版的第一部分**，書皮是綠色的，設計
很獨特，**可親子共讀**，例如每一本書的左頁是大人讀的部分，比較有難
度；右頁或下方有比較大的對話框，可以讓孩子認讀簡單的句子。**親子
一搭一唱，樂趣無窮！**在此也附上中英文版套書介紹影片給家長參考，
有興趣請上網或到書店購買。

**朗讀範例** ▶▶▶

Pirate Pat

My First Reading Library
套書簡介（中文）

My First Reading Library
套書簡介（英文）

## 63

難易程度：

# Oxford Reading Tree

系統性套書

推薦理由

據說在英國，有超過八成的學校，都採用此套英語讀本。**Oxford Reading Tree（簡稱 ORT）**是由一群兒童語文教育專家，經過二十多年研究的結晶，由享負盛名的**英國牛津大學出版社出版**。整個閱讀計畫共分 16 個階段，循序漸進，**由學齡前的無字書到中學程度**，包括**韻文、故事、小說、傳記、常識**等不同體裁。

Oxford Reading Tree 的架構，就像爬樓梯一樣層層往上，可以學習到大量的生字、文法和英國文化，建立起學習英文的信心，享受到閱讀的樂趣。故事的插圖細緻、幽默，不但提高讀者的閱讀興趣，更有助於**培育讀者的觀察力和理解文意**，適讀年齡視兒童的英語能力而定。

**Trunk Stories**（階段 1 到 9）是整個閱讀計畫的核心，圍繞在**小男孩 Kipper 與家人、愛犬 Floppy 和同學身邊**，由一個個小故事貫穿起來，透過生活化的描述，讓孩子讀起來倍感親切。階段 1 到 4 為生活故事，在階段 5，Kipper 得到一把魔術鑰匙，故事便從此進入多姿多彩的幻想世界。

由於此套書目眾多，我個人推薦的是：

1　Phonics and Reading Skills Activity Book（Level 1-5，共 8 本）
2　Read With Biff Chip & Kipper（Level 1-6，共 58 本）

ORT 周邊的配套教材強大，不但有**練習本**，後來更推出了**閃卡**。建議在閱讀後，先完成**練習本**，再與家人、朋友一起玩**閃卡遊戲**，可強化學習效果。由於這套書也是需要一次就買很多本，建議大家先**聽聽朗讀範例**與介紹，再決定是否符合家中需要喔！

Oxford Reading Tree: inspiring a love of reading in every child

觀看次數：6,684次・2016年11月14日　　👍 18　👎 5　➦ 分享　🔖 儲存　⋯

**朗讀範例** ▶▶▶

 Kipper's Birthday

 The Ice Cream

 A New Dog

 官方介紹影片

# 第4章
## 進階橋梁書

## ☑ 選書說明

### 更進一階的橋梁書

本章屬於進階性的橋梁書，也就是 **Level 2 以上的橋梁書**，這裡總共選了 15 套／種教材。比較特別的是，本章第一次導入了新的**線上英語閱讀系統 Highlights Library**。這套系統在我家老三小學一年級的暑假，使用的頻率很高！他每天都會主動問我：「**可以上英語閱讀了嗎？**」這是一套可依讀者程度分級閱讀、閱讀完又可測驗的線上學習系統，在此也介紹給大家。

此外，本階段的書很多是經典作品，如《愛心樹》、《失落的一角》、《小熊系列》，和知名作家洛貝爾的讀本，這些都是**西方兒童必讀的經典作品**，建議各位爸媽不要錯過！既然是經典，表示他們能自古早流傳下來，必有其歷久彌新的價值。本章最後也導入一些**初階的章節小說**，例如《Nate the Great》、《Billie B Brown》和《Hey Jack!》等。基本上，在美國厲害的小一生已經開始看這些小說，**難度與進階橋梁書並沒有差別太多**，只是文字量增加而已。

特別要提的是最後一套，由台灣敦煌書局自製的系統教材《Reading House》，我家老三讀幼兒園中班與大班時，會系統性的給他聆聽，效果很好！建議聽過的孩子，可以再度拿出來，自己試著閱讀一次，這樣同一套教材可以利用兩次，**第一次練聽力、第二次練閱讀力**，兩次使用，CP 值加倍！

### 永遠可以親子共讀

還有，永遠不要忘記：**親子共讀在任何階段都可以進行！**並不是孩子懂得英語、識字以後，就不跟他一起讀書了。這是一種親子感情的培養，也是閱讀興趣提高的加分點，每天至少 30 分鐘，一定會有功效。

真誠建議爸媽，**共讀時請順便錄下朗讀**，這樣孩子不但可以反覆的聆聽，也是給他一輩子的紀念禮物！

# Highlights Library

線上兒童英語圖書館

推薦理由

我家老三熊董從小與我在家自學英語，沒去過任何補習班或家教。大約**在幼兒園大班時，他漸漸進入可以自主閱讀英語書的世界**。

不過，如何**保持一定的進度**？如何**衡量他自我閱讀的成果**？是我一直在努力與煩惱的方向。我參加過幾個**線上英語閱讀測驗**的網站，有的太複雜，有的只能做測驗，但不能線上閱讀。在熊董小一的下學期，我終於幫他選了一個網站，可以依據他的英語程度，線上閱讀後馬上測驗！每天 10 分鐘，不會覺得痛苦或有太大壓力。

這個網站是美國 **Highlights** 出版社的 **Highlights Library**，是一個付費的英語閱讀鼓勵系統，裡面有 10 種主題，超過 2,500 本有聲書，孩子可無限暢讀，**比買 CD 教材划算許多**，也有手機與平版電腦專用的 APP 可下載。

本系統閱讀程度共分 30 級，登入系統後，就會開始做**閱讀能力測試**，以便篩選適合孩子程度的書給他。

能力測驗做完後，系統會**自動推薦一本適合孩子程度的書**，開始記點閱讀。讀完以後會有 5 題測驗，通過後會累積 1 點。同時系統會問你：這一級還有好多推薦書，想不想繼續讀？

熊董在做能力測驗，英語閱讀能力與美國小一、小二相當。

就這樣，可以天天保持英語閱讀的習慣，而且每集滿 50 點，還可獲得**美國官方授權的電子證書**一張，每 10 點我也會給熊董另外的獎勵。

強烈建議家長，要讓孩子養成**至少每日 10 到 30 分鐘英語閱讀習慣**！目前我用的這個線上系統，CP 值高又簡單，推薦給有需要的家長。

**相關連結** ▶▶▶

 美國 Highlights 官網

 台灣敦煌書局代理相關說明

## 65

難易程度：
★★★★☆
☆☆☆☆☆

# The Missing Piece

文／圖：Shel Silverstein

**推薦理由**

這本書原本我打算放在第三章，因為用字並不難，不過後來想想，因為書中另有不少抽象涵義，所以最後決定放在第四章中。

本書中文版譯名為《**失落的一角**》，作者**謝爾・希爾弗斯坦（Shel Silverstein）**是知名的**兒童詩人、插畫家、劇作家、作家、漫畫家、作曲家、鄉村歌手**，擅長以簡單俐落的線條，和充滿詩意但嘲諷的方式，呈現深刻的哲理。他的很多作品都帶給讀者獨特的閱讀樂趣，連續 40 週名列《紐約時報》暢銷書排行榜！

這是一個關於「**完美**」和「**缺陷**」的寓言，故事中，有個缺了一角的圓球，汲汲營營的找尋他失落的那一角，希望能使自己成為一個最完美無缺的「圓」，找了好久，終於找到適合的一角，他好開心！

但他發現：因為成為完美無缺的球體後，他只能不停的向前滾動，再也無法停留下來，欣賞美麗的花，也無法停下來跟蝴蝶聊天。漸漸的，他反而明白：**圓滿，未必是好的，保持失落的狀態也未必不好。**

最後，他放下找了好久的一角，獨自但開朗的走向未來。

本書是一個有深度的寓言故事，也很適合大人欣賞。尤其是故事的插畫很簡單，都是黑白線線條，而且未經雕琢，反而更能使孩子注意主角與其他事物的互動，以及充滿童心的想像。

希爾弗斯坦有很多重要的作品，除了《失落的一角》，同時推薦給大家《**The Missing Piece Meets the Big O**》（失落的一角遇見大圓滿）、《**Where the Sidewalk Ends**》（人行道的盡頭）、《**A Light in the Attic**》（閣樓上的光），以及下一本要介紹的《**The Giving Tree**》。

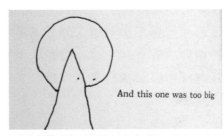

And this one was too big

 朗 讀 範 例 ▶ ▶ ▶

 邊說邊唱的女聲朗讀

 中文版動畫

 續集：The Missing Piece
Meets the Big O

## 66

難易程度：
★★★★☆
☆☆☆☆☆

# The Giving Tree

文／圖：Shel Silverstein

**推薦理由**

每次我讀到這故事，就會忍不住感動莫名。

也許孩子還不能體會，這本《愛心樹》（*The Giving Tree*）書中真實的意義。有人說，這是**母愛**；也有人說，這是一種**未特定的愛**！但是，我在國中時讀到此故事，就一直很難忘；等我快五十歲時，重讀一樣熱淚盈眶。

我曾猶豫要不要把此書收錄進來？最後還是決定：**除了風花雪月、校園生活、夜宿派對之外，我也希望孩子能夠讀一些意義深刻的書。**即使他們還不能領會故事的意義，但是有一天，當他們回想起這美麗又哀傷的故事，總會了解的。

愛心樹的故事很多人都聽過：有一個小男孩，從一棵蘋果樹那裡，拿走了樹所能給予的一切，樹無怨無悔的付出，只換來小男孩一次次的遠行。最後，小男孩很老了，樹也只剩下樹根，但他們終於可以互相安慰了。

有人說，美國作家希爾弗斯坦在這本書中，真切的體現了他做為詩人、插畫家、劇作家、作曲家、鄉村歌手，多種身分所擁有的奇異的組合，誠摯又感性。

這裡一定要分享已經過世的希爾弗斯坦，他**親口朗讀的早期動畫電影旁白**。此段影片已有**兩百多萬人次點閱**，背景搭配著蒼涼美麗的口琴聲，十分令人感動，請一定要跟孩子一起欣賞。

The Giving Tree - Animated Children's Book

觀看次數：436,877次・2017年4月16日　　👍 2304　👎 142　　↗ 分享　≡+ 儲存　•••

朗 讀 範 例 ▶ ▶ ▶

　作者朗讀影片

　也很棒的動畫朗讀影片

# Henry and Mudge
# (Ready to Read 2)

文：Cynthia Rylant
圖：Suçie Stevenson

**推薦理由**

這套系列主要是講述一個小男孩 Henry 和一隻大狗 Mudge 之間，一連串充滿幽默又溫馨的小品故事。

這套系列也是我家小熊在美國念書時，進入小說世界的橋梁書之一，小熊會喜歡這本書，與許多美國孩子的理由相同：**他想養一隻屬於自己的狗！**不過由於我家孩子都有過敏體質，尤其是對狗毛與貓毛過敏，所以這種養狗、養貓的夢想，就永遠只能是夢想，只好用看書，來取代無法完成的夢。

《Henry and Mudge》這套書，是屬於 Level 2 的作品，內容包含：男孩與狗狗如何一起過耶誕節、一起見曾祖父、如何蓋好高的樹屋，以及不幸被鵝追趕、去好友家夜宿等幽默有趣的故事。

本書不管在用字遣詞、故事內容都是簡潔有力、恰到好處，常常會讓人

發出會心的一笑，同時也不知不覺的學會了許多單字，還有句型的用法。

老實說，這套橋梁書裡的插畫，多半是信手捻來的作品，一點也不精美或匠氣，但是**那種樸實的線條，反而讓人感受到毫不造作的童趣！**

Henry and Mudge the First Book Read Aloud

朗 讀 範 例 ▶▶▶

Henry and Mudge the First Book

Henry and Mudge and the Funny Lunch

難易程度：
★★★★☆
☆☆☆☆☆

# Little Bear

文：Else Holmelund Minarik
圖：Maurice Sendak

**推薦理由**

《Little Bear》小熊系列，是**美國兒童文學橋梁書的早期優秀作品**，已在美國銷售達 40 年以上。美國作家 Else Holmelund Minarik 文字精簡、親切，配上知名的童書插畫家 Maurice Sendak 的美麗插畫，是一套十分經典，讓孩子進入文學美麗世界的啟蒙書，也是我家小熊哥在美國小學的指定讀物。

雖說這是一套古老的作品，但是能一直受到兒童文學界的重視，不是沒有道理。故事裡對於小熊愛幻想、愛挑戰的描寫，入木三分，讓人很難不喜愛此書。本書系列有**五本作品，每一本都有四個左右的小故事**，內容簡述如下：

Little Bear：可愛的小熊和他親愛的媽媽住在一起，小熊跑到雪地去玩，又不斷的跑回家裡撒嬌，要媽媽給他不同的衣服禦寒。然而，最適合小熊在雪地玩耍穿的衣服，就是什麼都不穿！

**Father Bear Comes Home**：出門已久的小熊爸爸終於要回家了！爸爸是非常厲害的捕魚高手，小熊長大後也想和爸爸一樣。他好希望爸爸回家時，會帶色彩斑斕的美人魚回來。

**Little Bear's Friend**：小熊在森林裡認識了新朋友 Emily 和她的娃娃 Lucy，小熊非常喜歡他的新朋友。夏天過了，Emily 要回家去了！小熊非常傷心，後來在飄著雪花的冬日，小熊給他的新朋友寫了一封信。

**Little Bear's Visit**：小熊最喜歡去爺爺、奶奶家玩了！因為那裡有各種美味的食物，像是蛋糕、餅乾、蜂蜜，但小熊最喜歡的是爺爺、奶奶說的有趣故事！

**A Kiss for Little Bear**：小熊畫了一張小怪獸的圖，請母雞幫忙把這幅畫送給外婆。外婆收到這幅圖畫很開心，並請母雞送一個吻給小熊；母雞把吻送給青蛙、青蛙把吻送給貓咪、貓咪把吻送給小鼬鼠……到底最後有給小熊嗎？

**朗 讀 範 例** ▶ ▶ ▶

 Little Bear 原文第一集

 Little Bear-Goes to the Moon & Little Bear's Wish

# 69

# The Arnold Lobel (I Can Read)

文／圖：Arnold Lobel

**推薦理由**

美國童書大師艾諾‧洛貝爾（Arnold Lobel，舊譯名為阿諾‧羅北兒），畢生創作近百本兒童繪本及故事書，最著名的莫過於《Frog and Toad》系列，中文版譯名為《青蛙與蟾蜍》，其中《**Frog and Toad Are Friends**》更獲得**凱迪克銀牌獎榮譽**！

洛貝爾擅長以有趣的故事，和**簡單易懂的字彙，傳遞友情、尊重和互助等重要的觀念**。他筆下的動物舉止純真可愛，從青蛙與蟾蜍，到傻氣可愛的貓頭鷹，這些溫馨的故事深植孩子的心中，連大人也難逃其魅力。

這套書集結了許多洛貝爾的故事，被認為是很富哲理思想的作品。馬修斯教授在《哲學與小孩》一書中表示，**洛貝爾是最尊重兒童思想的作家**，他的作品是一篇篇需要用心又動腦的文哲小品，讓小讀者在不斷的思想中體會人生。

我個人非常喜歡《Owl at Home》這本書，故事中描寫到貓頭鷹自製了「**眼淚茶**」，特別動人。貓頭鷹將茶壺抱在懷裡，開始想一些傷心的事

物，像是一把斷了腿的椅子、一根掉到爐子後面的湯匙、一本被撕去幾頁的書、一個沒有迎接的早晨。就這樣，眼淚很快就裝了滿滿一大壺。

每本書大多有五到六段**各自獨立的小故事**，充滿了**天真的童趣**，再加上洛貝爾的插畫，書評人一致認為：作者創造了童書前所未有的文學藝術成就！

《The Arnold Lobel》套書一共有 10 本讀本及 4 片 CD，書目如下：

- Frog and Toad Together
- Frog and Toad Are Friends
- Frog and Toad All Year
- Small Pig
- Days with Frog and Toad
- Grasshopper on the Road
- Uncle Elephant
- Owl at Home
- Mouse Tales
- Mouse Soup

**朗讀範例** ▶▶▶

Frog and Toad Together

Frog and Toad Are Friends

Owl at Home

## 70

難易程度：
★ ★ ★ ★ ★
☆ ☆ ☆ ☆ ☆

# Flat Stanley (I Can Read)

文：Jeff Brown　圖：Macky Pamintuan

**推薦理由**

這套書的中文翻譯為：**扁扁的史坦利**。內容十分有創意，描述一個扁扁的小男孩史坦利，他本來是正常人，但是因為**被牆上掉下來的告示板壓到**，所以變成一個**扁扁的男孩**！

史坦利跟爸爸、媽媽、弟弟住在一起，自從他變扁以後，就開始有許多意想不到的好處，比如說：圖書館員會請他幫忙拿掉到夾縫中、大家撿不到的書。此外，扁扁的他還有一個很方便的地方：**他可以被當成郵件寄到別的地方去**，這樣去旅行就可以省掉許多機票和交通的費用，真是太划算了！

《Flat Stanley》故事出版之後，引起許多讀者的共鳴，因此也順勢出了許多續集。這本書對我家來說意義深刻，因為小熊回台灣定居以後，**他在美國小學的好友，寄來一張紙做的史坦利給他**，請他帶著史坦利在台灣旅遊，同時一起合照，介紹台灣的景物。這是**美國地理老師，教孩子如何認識世界一個有趣的任務**！

我家小熊帶著扁扁的史坦利，在台灣的許多景點拍照後，把照片寄回給他美國的朋友，**順便也夾帶了一張我們自製的紙人**，叫做**王小武**。後來王小武也跟著小熊在美國的朋友，參觀了美國許多地方，旅遊了很久卻不用花旅費！

最後**王小武坐飛機回台灣後**，我把這個故事與小熊班上的同學分享，大家都覺得很新鮮、很有趣！有空的話，也跟孩子一起做一個**史坦利**或**王小武**，讓他搭飛機去拜訪你國外的朋友吧？

扁扁的王小武跟小熊的美國朋友參觀了許多地方，而且還不用花旅費！

**朗 讀 範 例** ▶ ▶ ▶

Flat Stanley and the Very Big Cookie

Flat Stanley at Bat

Show-and-Tell, Flat Sranley!

## 71

難易程度：
★ ★ ★ ★ ★
☆ ☆ ☆ ☆ ☆

# Arthur（I Can Read）

文／圖：Lillian Hoban

**推薦理由**

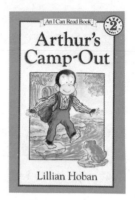

這套書屬於 I Can Read 系列，講的是**一對猩猩兄妹的可愛故事**。在美國，其實有另外一套主角也叫 Arthur 的書籍，十分有名，在這章的後面會提到；相對之下，這裡的猩猩兄妹，就比較沒沒無聞些。

不過，**許多美國媽媽都告訴我，這是他們童年時代的經典作品**。故事主角 Arthur，一是一隻可愛的小猩猩，他的妹妹叫做 Violet（就是紫羅蘭），很多故事都是圍繞在這對兄妹身上打轉，也都是**以日常生活為主**，如：**生日派對、換牙、交筆友**等等。

我家孩子特別喜歡的一集，書名叫《Arthur's Camp-Out》，故事是說：Arthur 本來想要帶著可愛的妹妹去外面，做一次野外教學，並採集很多生物的樣本，沒想到，妹妹卻被他的女同學帶走，開心約定一起去外面露營。（猩猩小孩可以隨意去外面露營，人類小孩是不行的，一定要有大人陪。）

Arthur 本來也想去，但礙於男生的顏面，所以沒有參加。他說：「我可

以一個人在外面露營。」結果他又餓又累，沒東西吃還感覺被鬼追！最後他還是跑到了妹妹的營地，妹妹與女同學給 Arthur 吃了好吃的東西，大家都玩得很開心。

**這套書的故事在橋梁書中，算是篇幅比較長的**，網路上的朗讀範例，也長達十多分鐘。每一個章節，都比一般的橋梁書長一些，所以雖然是 Level 2 的等級，但是我個人認為以長度而言，也可以歸類到 Level 3。

Arthur's Camp-Out

**朗 讀 範 例** ▶ ▶ ▶

 Arthur's Camp-Out

 Arthur's Honey Bear

## 72

難易程度：
★ ★ ★ ★ ★
☆ ☆ ☆ ☆ ☆

# The Berenstain Bears (I Can Read)

文／圖：Jan & Stan & Mike Berenstain

**推薦理由**

這套系列在英語童書界十分的有名，這個熊熊家族一共由 Papa、Mama、Brother、Sisiter 和 Baby Honey 五隻熊所組成。系列作第一本《The Big Honey Hunt》於 1962 年出版，至今有超過 300 冊以**「The Berenstain Bears」**為主角的書籍。

除了童書，The Berenstain Bears 還跨足其他領域，**光電視節目就有兩個，還有不計其數的相關作品**。這裡要介紹的是 I Can Read 系列 Level 1-2 的橋梁書，這套書主題涵蓋非常廣泛，從打掃家裡、校外教學，到觀賞球賽、夜宿派對等等。

The Berenstain Bears 的故事，在美國有**改編成動畫影片**，之前《小熊媽的經典英語繪本 101+》也有介紹過，再次推薦的理由是：希望孩子在這階段可以自行閱讀。之前推薦的時候，是建議家長讀給孩子聽，但是進入閱讀的世界後，這套書也是一塊很棒的敲門磚。

這套書講的是熊熊家族日常生活會遇到的場景，原本舊版的繪本，其實在用字上並沒有像分級讀本 Level 1-2 這麼簡單，也是有一些難度的，但出版社已經正式改編成現在的程度。建議家長，除了找這套書來看之外，**網路上也有很多的卡通動畫影片**，可以先讓孩子看動畫之後，再開始讓孩子自行閱讀此套書。

順帶一提，我在美國參加「蘇斯博士讀書俱樂部」時，有讀過 The Berenstain Bears 的《**A book**》與《**B book**》。這兩本書的押韻十分有趣，算是 Level 1 的等級，可以在孩子開始挑橋梁書時，**先找這兩本來讀**，等讀完後，再來讀 The Berenstain Bears 其他的橋梁書。

The Berenstain Bears Clean House (Read Aloud)

觀看次數：2,942次・2017年6月17日　　　　👍 10　👎 2　↗ 分享　≡+ 儲存　…

**朗 讀 範 例** ▶▶▶▶

 The Berenstains' A BOOK

 The Berenstains' B BOOK

## 73

難易程度：
★ ★ ★ ★ ★
☆ ☆ ☆ ☆ ☆

# Marvel Avengers (World of Reading)

文：Thomas Macri

**推薦理由**

「World of Reading」從初階到一、二階的橋梁書都有，這裡要介紹的，是**由漫威漫畫（MARVEL）所創造的超級英雄系列。**

漫威的超級英雄以復仇者聯盟（Avengers）為主，裡面的角色包括：**美國隊長、浩克、鋼鐵人、雷神索爾、黑豹、星際異攻隊**，與之前提到的 **DC 超級英雄**，如**超人、蝙蝠俠**等並無交會。

這套書籍，基本上對小男孩而言很有吸引力，因為超級英雄這類的角色都很有魅力。我家男孩小時候喜歡聽的英語故事，很多都是出自超級英雄系列。在第一章自然發音法教材裡，也有超級英雄系列，橋梁書更是不用說！

總之，這些超級英雄故事的好處是：男孩子多半會買單！因此建議家裡有小男孩的家長，可以先從這些橋梁書開始閱讀，畢竟「角色認同」才是孩子願意主動閱讀的動力！通常不同孩子會喜歡不同的主題，家長可

多方面嘗試，找到孩子有興趣的主題，讀起來才會事半功倍。

請參考朗讀範例的影片，聽聽看這些英雄的故事；或是讓小孩子自己去找喜歡的超級英雄故事，來自行閱讀。

朗 讀 範 例 ▶ ▶ ▶

 These are the Avengers

 This is Thor

 This is Spider-Man

## 74

難易程度：

★ ★ ★ ★ ★
☆ ☆ ☆ ☆ ☆

# Arthur
# (Step into Reading)

文／圖：Marc Brown

**推薦理由**

1996 年，《亞瑟小子》（Authur）正式登上美國公共電視台，讓他成為家喻戶曉的卡通人物，不但是**美國公共電視頻道最受歡迎的兒童節目**，也創下五度榮獲美國電視卡通「**艾美獎**」的殊榮。

2002 年，台灣迪士尼頻道也開始播放卡通，同樣受到歡迎。其相關系列圖書，在美國銷售超過 6,000 萬冊，多次榮登《紐約時報》暢銷書，獲得多項最佳童書獎。

這套書的誕生，靈感來自於作者**馬可・布朗（Marc Brown）**為兒子講床前故事。當時兒子要求爸爸在睡前說一個怪物的故事，於是他順著英文字母 ABC 的次序，想到了一隻名叫**亞瑟的食蟻獸**。1976 年，第一本關於《亞瑟小子》的繪本《我愛大鼻子》出版，開啟了《亞瑟小子》的傳奇。

這裡介紹的，是 Step into Reading 第三階段的系列故事，多半是關於

小學生遭遇的各種問題，例如：記錄全家人去紐約玩、打嗝怎麼辦、妹妹戴眼鏡、與妹妹比賽閱讀、該整理房間了、小狗不見了等等。

作者不會正面說教，但是他會自然而然傳達「**忠於自己**」與「**相信自己**」的概念，**You got to listen to your heart**，要聆聽自己的心，真的是很有道理！

Kids book

Arthur in New York read to me Kids book

觀看次數：6,123次・2017年7月31日

---

**朗讀範例** ▶▶▶

Arthur in New York

Arthur, Clean Your Room

## 75

難易程度：

★ ★ ★ ★ ★
☆ ☆ ☆ ☆ ☆

# The Magic School Bus

文：Joanna Cole　圖：Bruce Degen

**推薦理由**

這套「魔法校車」系列，是美國暢銷超過千萬冊、得獎最多、最受歡迎，也是全世界最具影響力的兒童自然科學圖畫書。

全系列以**麻辣魔法女教師「卷髮佛老師」**，與她古靈精怪的小學班級為主角，歷經一場又一場天翻地覆、驚心動魄、刺激精采的自然科學大冒險。每本書都有一個主題，故事活潑生動、爆笑有趣，**很能掌握兒童閱讀的喜好與口味。**

繪者布魯斯・迪根（Bruce Degen）是美國兒童教育界、出版界的知名插畫家，在本系列的圖畫中，分別以針筆、水彩、膠彩、色鉛筆等不同材質與筆調，呈現出結合繪本、漫畫與卡通的獨特圖畫風格，極受大人與兒童歡迎。**深入淺出的編輯手法**，藉由大量的圖像搭配故事、對話、註記、說明文字等方式，**充分滿足各個不同知識、年齡層讀者的需求。**

本書是我家男孩在美國求學時，必讀的指定讀物，也是很受歡迎的**電視動畫片**。當年我在美國，常常去圖書館借此系列書籍給孩子看，並**買了**

**英語 DVD 給孩子練聽力**。事實證明，效果很卓越！尤其是男孩子，很喜歡此套書。老三在台灣與我自學英文，進入國小後，也因為**先看了影集**，所以對此套書接受度很高。

作者在「魔法校車」系列裡，展現了他們對於科學的熱愛與童趣，深深抓住許多讀者的心。他們被美國《書單》雜誌譽為「不容錯過的二人組」，所創造的主角卷髮佛老師則被稱為「**所有繪本中最古怪又最慧黠的老師**」！

由於這個系列實在很受歡迎，除了本章的橋梁書、第一章介紹過的自然拼音法套書，**本系列也還有小說的版本**，可做為第五章的補充書目，歡迎家長找來參看。

Human Body

朗 讀 範 例 ▶▶▶

 INSIDE THE EARTH!

 In the Time of the Dinosaurs

## 76

難易程度：

★ ★ ★ ★ ★
☆ ☆ ☆ ☆ ☆

# Nate the Great

文：Marjorie Weinman Sharmat
圖：Marc Simont

推薦理由

《大偵探奈特》（*Nate the Great*）系列，是美國知名作家**沙爾瑪**（Marjorie Weinman Sharmat）與凱迪克金獎繪者**馬克西蒙**（Marc Simont）合作的**兒童偵探故事經典**，在美國十分受歡迎。

作者沙爾瑪小時候，也曾經夢想成為一名偵探！她所創作的《大偵探奈特》系列，已成為美國兒童讀物的經典，也被改編為**電視影集**，並在洛杉磯國際兒童影視節中獲獎。奈特甚至被印在早餐麥片盒上，也出現在《紐約時報》的填字遊戲中，陪伴孩子一起成長。

我家小熊哥還在美國時，**大約五歲開始讀這系列的書**。他曾告訴我，說他很喜歡讀奈特的故事，因為奈特講話的方式很好玩，故事中還有許多搞笑的角色！

奈特喜歡吃熱呼呼的鬆餅，也喜歡推理，更樂於助人！奈特的鄰居和好友，包括忘東忘西的克勞德、喜歡蒐集怪東西的跟屁蟲奧利佛、古怪女

孩蘿沙蒙，和可愛的安妮，他們常常會來敲奈特家的門，不論案件有多棘手、多無厘頭，或是屋外有多冷，奈特總是會回答：**「我，大偵探奈特，接了這個案子！」**

本書可以**訓練孩子的日常推理**，讀完後會像奈特一樣，想要解決日常生活中出現的謎團。即使是兒童，也可以享受當偵探的樂趣！更重要的是：孩子最愛幽默，這套書不像《福爾摩斯》那種**比較硬派的偵探路線**，而是以幽默手法來寫**日常的偵探故事**。全書充滿冷調幽默，孩子享受閱讀的樂趣之餘，也能培養推理能力。

Nate the Great (Nate the Great)

**朗 讀 範 例** ▶▶▶

Ms. Danielle的朗讀

Nate the Great （Nate the Great）10萬人點閱的朗讀

Nate the Great and the Lost List

## 77

難易程度：
★ ★ ★ ★ ★
☆ ☆ ☆ ☆ ☆

# Billie B Brown & Hey Jack!

文：Sally Rippin

**推薦理由**

這套故事的情節有趣，且十分生活化，共分為《**Billie B Brown**》和《**Hey Jack!**》兩個系列。

鬼靈精怪、淘氣活潑的 Billie，總是能想出解決問題的方法！而她的鄰居，同時也是青梅竹馬的 Jack，在生活上總遇到許多小煩惱，偏偏他每次都碰上 Billie，趣事更多！

作者很用心，把這兩位主角都塑造出與眾不同的個性，同時也**跳脫了刻板的性別印象**。書中的 **Billie 調皮又直率**，而小男孩 **Jack 卻是細膩而善感**，兩個小孩的生活情境，清楚的呈現在這兩套書中！

兩個小孩有時扮家家酒、演爸爸媽媽，有時開生日派對卻忘了要幫對方留蛋糕。**CD 中有類似廣播劇的精采對話**，是一種很有趣的閱讀經驗，你會在 Billie 系列中，常常聽到 Jack 的聲音；有時在聽 Jack 系列時，也會伴隨著鬼靈精 Billie 的身影。

目前在台灣，這兩套書皆由**敦煌書局**代理，除單行本外，另有套裝版（內含三本讀本及英式＋美式發音之朗讀 CD）。

想想出版社很貼心，同一故事竟然有**美式與英式發音兩個版本**？想學哪種發音自己選，我家兒子覺得英式發音很有趣，還會故意放 CD 來學，也是意想不到的收穫。

《Billie B Brown》和《Hey Jack!》系列，每套故事各有 12 集，兩套共 24 集，每則故事最後都附五個題目，引導讀者找出故事主旨、細節等，孩子可在讀後檢測自己的閱讀成果。

我個人買的是三本附一片 CD 的透明膠裝版本，因為旅行開車時，方便隨手帶一套出門，**三本書大概一趟旅程可聽完**，有時也可多帶一套備用，孩子都很喜歡。

**朗讀範例** ▶▶▶

 The Spotty Holiday

 The Big Adventure

 敦煌自製影片：The Little Lie

## 78

難易程度：

★ ★ ★ ★ ★
☆ ☆ ☆ ☆ ☆

# Reading House

文：Catherine Eisele

**推薦理由**

這套書是我家老三迷你熊，四歲開始接觸的**自學英語輔助教材，用來接續第三章提到的 Rhyme Story 之後使用**，但也可以兩套教材互相重複使用。本書在《小熊媽親子學英語私房工具 101+》曾有提過，當時是用來訓練聽力，在此則是用來訓練自行閱讀。

這套書的包裝更加精緻，打開後右邊是精裝書（Rhyme Story 是平裝書）；**左邊是 CD，裡面的每個故事都有 CD，用來講解全本教材**。內容皆取材自**經典童話**，如：醜小鴨、穿長靴的貓、三隻小豬、糖果屋等。迷你熊十分喜愛這套書，因為**故事好聽、音樂可唱，配音也超有戲的！**

本書還有個特色，就是每一頁的故事，都可以唱成歌！而且配音員超專業，例如《糖果屋》中英故事對照那段，壞巫婆被火燒到時，用尖銳悽慘的聲音喊著：「唉呦～我的頭髮著火了！」結果，因為**配音太有趣**，我家兒子永遠記得這一幕，還不時學巫婆說話給我聽。

全套 18 冊，共分三個階段，每階段 6 冊：

- Level 1　紅色，目標新學 50-70 個單字
- Level 2　藍色，目標新學 71-90 個單字
- Level 3　綠色，目標新學 90-110 個單字

這套書的好處是不但**可讀、可說、可唱**，**還可演**，內容以音樂劇型式呈現，所以已經是許多老師英語戲劇演出的好選擇，在家當教材也很受孩子喜愛喔！

This is Goldilocks.
She sees a house.
Knock! Knock!
"Is anybody home?" she asks.
"Nobody's home. I can go in."

敦煌書局Reading House有聲系列讀本
觀看次數：9,193次・2014年1月21日　　　👍 13　👎 1　↗ 分享　⬇ 儲存　⋯

**相 關 連 結** ▶▶▶

 介紹說明影片

 Reading House書系官網

 經典角色影片

# 第 5 章
## 青少年小說

## 本章可說是全書的精華

之所以想要寫這本書，是因為台灣許多家長對於**西方兒童文學**，尤其是**系列套書**，並不十分的了解。早年我在帶孩子時，也是慢慢摸索，跑遍當時美國居住地的圖書館，才知道國外的孩子在閱讀剛起步，以及進階、高階閱讀時，都會讀哪些讀物。

因為曾在誠品書店企劃部工作過，深知書海茫茫，想找一些適合孩子、又禁得起考驗的教材，是需要花時間去研究的。因此在這麼多年帶著孩子自學英語後，我終於整理出**這本以閱讀為主要目標的經驗談**，希望孩子在自學英語的路上，能夠有堅實的踏腳石。

本章的 23 套青少年小說（或系統教材），包括十分知名的作品，例如《神奇樹屋》、《葛瑞的囧日記》等系列，都有中文的翻譯版本；《The boxcar children》雖然沒有中文版本，但我十分推崇這套書，也請各位家長不要錯過。

另外，也有選幾本單本的小說：《夏綠蒂的網》是美國兒童必讀的名著，《瑪蒂達》、《巧克力冒險工廠》是英國知名作家羅德達爾的傑作，《手斧男孩》曾被收錄於台灣國小的國語課本中。這些都是兒童文學的經典，孩子在學習英語閱讀的路上，絕對不能錯過！

最後列出三大**套系統性閱讀教材**，但請注意，我個人建議是：如果**經濟能力許可，再去買全套**。如果沒有，只要**選擇性**的購買即可。

英語閱讀是一個浩瀚海洋的起點，**透過英語閱讀，我們可以不靠翻譯，直接了解作者的心意**。希望每個孩子都能夠了解、精進英語閱讀這條路，也希望我個人帶領孩子走上英語閱讀的經驗，也給你家孩子一雙有力的翅膀，讓他們能夠在英語書的世界盡情翱翔！

## 79

難易程度：
★★★★★
★☆☆☆☆

# Young Cam Jansen /
# Cam Jansen

文：David A. Adler　圖：Susanna Natti

**推薦理由**

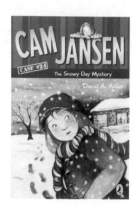

本套書在《小熊媽的經典英語繪本 101+》曾提過，這是一套以女生為主角的推理懸疑故事，十分受美國小學中低年級孩子的喜愛，也是小熊哥在美國讀小學時的愛書，是**邁向章節故事很好的敲門磚**。

本書作者 David A. Adler，本來是紐約的小學數學老師，但是他發覺，當時市面上的書，對小學低年級學生來說，不是太簡單就是太難，**介於中間的橋梁書仍舊十分稀少**，所以許多孩子就**放棄閱讀**這件事了。於是作者決定：來寫一套能**吸引孩子注意力的懸疑小說**，Cam Jansen 因此誕生！

那為什麼他會選偵探類的書來寫呢？作者在專訪時指出：自己的兒子常讀完一本書後，竟然一點也不知道自己在讀什麼？他希望孩子能真的讀進文章裡的每一個細微線索，而不是有讀沒有到，完全不用大腦的念完而已。而他發現，偵探嫌疑小說，比較能達到這目的。

主角 Cam Jansen 擁有神奇的記憶力，特長是**過目不忘**。因為作者小時候有遇過這樣的同學，讓他印象十分深刻，因此就用這段有趣的經歷，來塑造出他自己獨特的女主角。

作者特別把主角設定為女生，是因為他覺得以往的偵探書籍都是以男性為主角，但其實**女生也可以充滿智慧與勇氣**，為了**打破孩子的性別刻板印象**，作者才特別把主角設定為一個聰慧的小女生。

這個系列共分為兩套書，這次除了入門的《**Young Cam Jansen**》，也請孩子繼續往進階的《**Cam Jansen**》邁進！

Cam Jansen and the Snowy Day Mystery by David A.Adler

**朗讀範例** ▶▶▶

Young Cam Jansen and
the Pizza Shop Mystery

CAM JANSEN and the
Millionaire Mystery

## 80

難易程度：

★ ★ ★ ★ ★
☆ ☆ ☆ ☆ ☆

# The Adventures of Captain Underpants

文／圖：Dav Pilkey

**推薦理由**

本書中文版譯名為《**內褲超人瘋狂大冒險**》，是我家小熊哥在美國念書時，**低年級必讀的橋梁書**。以前是圖文書，現在有新版的**全彩漫畫書**。台灣男孩很愛「**屁屁**」系列，例如《屁屁超人》、《屁屁偵探》等等，美國孩子則很愛「**內褲**」系列，因為對小朋友來說，都是能夠把平常不能說的字眼掛在嘴邊，而不會挨罵的機會！

本書是**以兩個調皮搗蛋的小男孩做為故事的主角**，雖然處處闖禍、喜歡惡作劇，又常常鬧些無厘頭的笑話，讓大人頭痛不已，不過其實本性一點也不壞。他們最偉大的發明是創造了「內褲超人」。在本書裡，首次登場的內褲超人經歷了緊張、刺激又十分搞笑的驚險過程，加上作者精采有趣的漫畫，讓全美國千萬的小讀者都愛上了這一套書。

本書作者是美國最受小朋友歡迎的得獎漫畫家，他創造了喬治和哈洛這兩個喜歡胡鬧、惡作劇，但本性十分善良的小男孩。他們在闖了大禍之後，創造了神祕的英雄「內褲超人」，讓讀者跟著又好笑又緊張的同時，

化解了可怕的災難。無論遇到什麼事，喬治和哈洛總會想出奇招，來幫助內褲超人，打擊邪惡勢力，拯救世界！

超人與內褲其實很有關係，因為許多超級英雄，不也是**內褲外穿**？也許就是因為這樣，作者才會設計出一個真的**只穿內褲的超人**（還是白色的陽春三角褲），這個創舉，可是樂翻了一堆美國小男孩，他們瘋狂愛上這個臉長得像飯糰、沒穿衣服但有超人披風的內褲（暴露）狂！

當爸媽皺著眉頭看此書時，小男孩反而愈看愈開心！到後來，連許多美國小學都把這套書列入閱讀推薦書單，倒不是因為有教忠教孝的功能，而是**能讓孩子愛看書、得到歡笑**，如此而已。其實，閱讀就是要能讓人得到快樂，不是嗎？

**朗 讀 範 例** ▶ ▶ ▶

 英語的書籍介紹

 電影版預告

## 81

難易程度：

★ ★ ★ ★ ★
☆ ☆ ☆ ☆ ☆

# Encyclopedia Brown

文：Donald J. Sobol

**推薦理由**

本套書在《小熊媽的經典英語繪本 101+》曾有提過，由於這套書是美國孩子**自我閱讀十分重要的讀物**，在美國不斷改版上市，所以再次編入給家長與孩子參考。

本書是關於**超級博學少年**（像百科全書一樣無所不知！）的**偵探故事**，主角是聰明的布朗，自己開了一間小小偵探社到處破案。本系列第一本出版於 1963 年，後來接續出到 28 集，講的是一位知識豐富、觀察力十分入微的男孩，幫朋友鄰居解答許多問題的故事。

這套書曾有中譯本，書名翻譯為《**小探長**》。我家老大在美國念小一、小二時，最愛讀此系列的書，因為一本書裡有好幾個小故事，在每個故事的情節描述後，小偵探布朗就會說：「**我已經知道真相是什麼了！**」

但是**作者沒有馬上告訴讀者答案**，而是繼續講下一個故事。要等到整本書都翻到最後，作者才會一一告知讀者，前面每一個故事的解答為何。

在台灣有出版過類似的讀本：**日本作家杉山亮的《名偵探》系列**，也是用情境先描述犯案過程，最後並沒有馬上解答，而是吊胃口的讓孩子猜一下：**到底犯人是誰呢**？這種寫作方式，反而更讓孩子入迷，我家男孩都很愛這種偵探類型小說。

本系列的作品有近 30 本，故事主題都很特別，例如：the Case of the Dead Eagles、the Case of the Sleeping Dog、the Case of the Carnival Crime、the Case of the Secret UFO，這麼有趣的主題，難怪本系列能歷久不衰。

**相 關 連 結** ▶ ▶ ▶

 The Case of Natty Nat

 真人版影片欣賞

## 82

難易程度：

★ ★ ★ ★ ★
★ ☆ ☆ ☆ ☆

# Junie B. Jones

文：Barbara Park　圖：Denise Brunkus

**推薦理由**

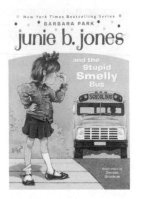

本系列最早是於 1992 年出版，共 28 本，也有西班牙文及法文的版本，可惜作者仙逝，就沒有續集出現了。

**Junie B** 的名字其實是 **Junie Beatrice**，是個年輕的小女孩，非常友善，個性開朗、活潑，而且非常愛講話。她跟爸媽住在一起，還有一個小貝比弟弟，叫做 Ollie。

Junie B 的生日是 6 月 1 號，所以她都稱自己為 **Junie the First**，她最喜歡的食物是義大利麵加上肉球、檸檬派、冰淇淋……這些資料，其實都是小熊哥告訴我的。

記得以前，小熊哥**在美國念小學時曾很喜歡這個系列**，他說 Junie B 常常讓他哈哈大笑！但是，當我與其他美國媽媽提起此書，她們都大皺眉頭，問：「你怎麼會讓孩子看這套書？」原來，因為女主角十分大嘴巴，**有時行為不是那麼值得稱許**（調皮、捉弄朋友），因此有些父母與老師，是不喜歡或不推薦孩子看這系列的。

事實上，作者本人也知道這件事。她說：「這樣批評我的書，實在很傷人！我只是忠實呈現現實社會中的故事。」

有時候，兒童讀物並不是以能否教忠教孝來衡量的，個人覺得，好的兒童讀物，應該是要讓小讀者開懷大笑、得到閱讀的樂趣，其他沒有那麼重要吧？

不論如何，這套書的確會讓孩子心有戚戚焉，如果可以讓閱讀純粹回歸為一種單純的喜樂，那麼不妨別想太多，讓孩子看看這套有趣的書吧？

The Stupid Smelly Bus (Junie B. Jones)
觀看次數：162,133次 · 2017年11月14日　👍 995　👎 133　↗ 分享　≡+ 儲存　⋯

**朗 讀 範 例** ▶▶▶

Junie B Jones Has a Peep in Her Pocket

Junie B. Jones and a Little Monkey Business

## 83

難易程度：

★ ★ ★ ★ ★
★ ☆ ☆ ☆ ☆

# Amber Brown

文：Paula Danziger 等

**推薦理由**

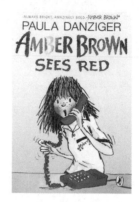

這套書的主角與前一套《Junie B. Jones》十分不同，雖然都是女孩，但此系列比較寫實。Amber Brow 是一個**父母離異的小女孩**，故事開始大約**在三年級升四年級的暑假**，當時女主角的父母離異，母親開始和別人約會，父親則到法國巴黎去找了新的工作。

父母離異，對女主角來說是一個打擊，沒多久後連她最要好的朋友 Justin Daniels，竟也要搬到阿拉巴馬州！這種**以分離為基調的故事設定**，在後續的系列裡也一直出現。

不過作者也有往前出了一系列**更簡易的幼年時代版本**，是給年紀比較小的讀者去讀的，Amber Brown 當時還沒有遭遇父母離異的傷心事，與好朋友 Justin Daniels 開心的過著小日子。**這套系列比較愉悅，建議可從此套讀起**。

主角的設定原型，其實是作者的姪女。後來因為作者過世，原本的系列在 2004 年就結束了，還好 2012 年由作者的好友繼續寫了新的系列。

本系列作品列表如下，建議找網路朗讀讓孩子喜愛上本系列的書。

- Amber Brown Is Not a Crayon
- You Can't Eat Your Chicken Pox, Amber Brown
- Amber Brown Goes Fourth
- Amber Brown Wants Extra Credit
- Forever Amber Brown
- Amber Brown Sees Red
- Amber Brown Is Feeling Blue
- I, Amber Brown
- Amber Brown Is Green With Envy
- What a Trip, Amber Brown
- It's Justin Time, Amber Brown
- Get Ready for Second Grade, Amber Brown
- Orange You Glad It's Halloween, Amber Brown?
- It's a Fair Day, Amber Brown
- Second Grade Rules, Amber Brown
- Amber Brown Is Tickled Pink
- Amber Brown Is on the Move
- Amber Brown Horse Around

朗 讀 範 例 ▶ ▶ ▶

 Amber Brown Is Not a
Crayon

 2022的電影預告片

## 84

難易程度：

★ ★ ★ ★ ★
★ ☆ ☆ ☆ ☆

# Judy Moody

文：Megan McDonald
圖：Peter H. Reynolds

**推薦理由**

Judy Moody 是一個**古靈精怪的淘氣小女孩**，雖然才小學三年級，但是她腦袋裡的鬼點子超多，連大人也難以捉摸。這位八歲的小女孩，是當代「**樂於嘗試新事，且勇於表達想法**」的新世代代表！因為一推出便大受歡迎，她的弟弟 **Stink 系列**，也跟著誕生了。

Judy Moody 人如其名，生活中的各種大小事件，總是引起她**強烈的情緒（mood）反應**，連老師和爸媽都管不住她鮮明的個性，和超愛發表的另類意見。本書角色設定很鮮明，例如：女主角最想養的寵物是二趾樹懶，還會在 T 恤上寫：「我吃了一條鯊魚！」好在她的情緒來得快去得也快，上一秒還不開心，下一秒就會因為其他趣事而開懷大笑，很獲得小讀者喜愛，也是 Megan McDonald 筆下最受歡迎的角色。

本書也有**翻拍成電影**，取材自第 10 集《**Judy Moody and the not Bummer Summer**》，講的是 Judy 的爸媽去旅行，把她和弟弟託給阿姨，而她的好朋友也要去度假了，那暑假還有什麼好玩的？應該是最

無聊、最讓人昏倒的暑假了！沒想到 Judy 小姐點子超多，又讓事情完全不一樣了。我家孩子就是先看了電影，才想找這一系列書來看的，建議大家也找來闔家欣賞一下。

在此還要跟大家推薦好看的第 11 集《**Judy Moody and the Bad Luck Charm**》，故事描述 Judy 突然變成了全美運勢最強的小孩，因為她從奶奶那裡拿到了幸運便士，好運擋也擋不住。不論是保齡球、拼字，她都拿到了冠軍！眼看 Judy 就要憑著這股氣勢，前進華盛頓特區，但是當她的一便士掉進馬桶，事情就無法一帆風順了……

Audiobook Narrators Barbara Rosenblat JUDY MOODY & THE BAD LUCK CHARM

**朗 讀 範 例** ▶ ▶ ▶

Judy Moody Was in a Mood

Judy Moody Mood Martian
- 3rd grade

電影精采片段

## 85

難易程度：

★ ★ ★ ★ ★
★ ☆ ☆ ☆ ☆

# Franny K. Stein, Mad Scientist

文／圖：Jim Benton

**推薦理由**

本套書的作者，因為**女兒喜歡詭異的東西**，所以就以她為主角寫了這一系列書。Franny 是個住在水仙村的小女孩，她的家是粉紅色，百葉窗和屋頂則是浪漫的紫色，生活在這樣可愛環境裡的女孩，應該是乖巧又甜蜜的，可惜，她滿腦子奇思異想，與眾不同又特立獨行（看她總是憤怒的眼神就知道了）。事實上，她真實的身分是：**一個瘋狂科學家！**

Franny 的房間也是她的實驗室，位於屋頂的閣樓，陰暗又潮濕，還堆滿她奇怪的發明。雖然母親好幾次重新裝飾臥室，甚至試圖改造她，不過她並未因此改變。

Franny 的助手是一隻米克斯，寵物是長了鬍子的蛞蝓（真神奇），她也很喜歡超級大蜈蚣。**她發明過很多東西**，例如：無重力狗食、巨大倉鼠發電三輪車、蜘蛛放大機、自相殘殺花椰菜、眼球取出機等等，雖然都是些**怪裡怪氣的東西，但她樂此不疲。**

我家男孩也喜歡 Franny，因為**科學實驗總是深得男孩心**，而主角其實和普通孩子一樣有各種煩惱，不論是交友的、課業上的、才藝的，甚至也會因為名字被嘲笑而煩惱。生活中的許多風波，Franny 總能**用她科學家的頭腦，解決麻煩、化險為夷**，所以可說是男孩女孩都喜歡她。

系列全套目前有 7 本，每本約 16-18 個章節，200 頁出頭，有 10% 左右的全彩頁。書中文句跟內容難易適中，用字遣詞流暢，沒有翻譯作品的生硬感。除了有趣的故事、生動的插畫，作者以「**每一個小孩都是天生的科學家**」為主軸，為每本書制定了一個學習主旨，還設計了一些拼貼圖片的小遊戲，是一套頗為用心又有趣的好書。

AR BOOKS FOR YOU: PART 1 Franny K. Stein Mad Scientist A Frantastic Voyage

**朗 讀 範 例** ▶▶▶▶

 Frantastic Voyage

 作者 Jim Benton專訪

## 86

難易程度：
★ ★ ★ ★ ★
★ ★ ☆ ☆ ☆

# Magic Tree House

文：Mary Pope Osborne
圖：Sal Murdocca

**推薦理由**

2011 年起，我在師範大學開設的「**英特爾創新思考教育計畫**」課程，有一個系列叫做「**美國經典童書介紹**」，內容是針對國中、國小的老師，介紹美國的童書經典作家（或作品），讓老師一方面能與孩子共讀、學英語，另一方面能窺探美國孩子如何遨遊書海的世界。

其中有一堂課，介紹的就是這套《神奇樹屋》（*Magic Tree House*）系列，**十分受歡迎**，老師的反應都很熱烈。

相信很多家長對此套書並不陌生，《**神奇樹屋**》系列在全世界廣受喜愛，在歐洲，幾乎每個國家都有自己的《神奇樹屋》版本，法國、德國、比利時、義大利、西班牙……到哪裡都看得到；在日本還是小學生暑假讀書心得的最佳選擇，這就是《神奇樹屋》銳不可當的魔力！

作者**瑪麗・波・奧斯本（Mary Pope Osborne）**的成長歲月，是跟著軍人爸爸到處遷移的，所以她很不習慣安定的日子，超喜歡富有變化的

生活。她小時候住過的地方多也就算了，長大後還跟著歐洲的青年樂團去亞洲各國遊歷。

瑪麗除了跟先生到處旅行演出，還做過很多工作，某一日她突然心血來潮，寫了一個關於南方十一歲女孩的自傳性故事，才真正找到自己的人生目標。

《神奇樹屋》系列主要描述**一對兄妹傑克與安妮穿越時空的冒險故事**，哥哥傑克理性冷靜，喜歡看書，會將沿途看到的事物，重點式的記錄在筆記本上；妹妹安妮喜愛幻想與冒險，勇氣十足。

這兩個一動一靜、個性截然不同的兄妹，在森林裡發現**一間堆滿書的神奇樹屋**，就像時光機器，帶他們到一個個不同的時空旅行。他們來到史前時代的恐龍谷、和騎士探訪中古世紀城堡、到古埃及破解木乃伊的祕密、跟著海盜出海尋寶……每一次的冒險都緊張刺激，是全世界都狂賣的童書。

本系列還有**相關小百科**，由作者的姐妹撰寫，十分適合當做**補充教材**。

**相 關 連 結 ▶▶▶**

 故事劇場精采表演片段

 作者親自朗讀

## 87

難易程度：
★★★★★
★★☆☆☆

# Diary of a Wimpy Kid

文／圖：Jeff Kinney

**推薦理由**

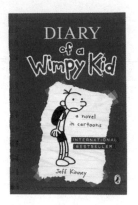

本套書中文版譯名為《**葛瑞的囧日記**》，講的是一位美國中學生的日常生活，笑破肚皮的描述，不同於沉悶教材的枯燥乏味。用字淺顯、引人入勝的故事情節，讓讀者在字裡行間無形中學會英語單字，開啟了解英美文化的視窗。

本書是小熊哥在美國讀小學一年級時，就開始暢銷，而且班上每個男孩幾乎都會看的書。但是在台灣要看懂原文，可能要到中、高年級，而且我建議，**請務必買原文版**，因為孩子在看過中文翻譯後，就會像我家老二看過《神奇樹屋》中文版一樣，**知道內容就不想看了**！

本書雖然講述的是美國初中生的生活，但是也很適合給小學高年級生來讀，可以認識並了解美國學生的校園生活。主角在學校裡不是風雲人物，反而是有點類似魯蛇（loser）的帶衰人物，也許這就是本套書暢銷的原因之一，因為每個孩子都不是完美的，讀者很喜歡看主角出糗的時候，更貼近真實生活。

老實說，作者畫的人物像是「麵條人」＋「貢丸頭」，不是以美形取勝，不過主要閱讀群是男孩，我想這樣正好適合許多小男生的調調。因為男生會喜歡那種幽默的筆觸，以及主角的衰運。有趣的是，目前倒是沒聽過太多女生喜歡看本書。

讓孩子讀這本書，有一個有趣的好處：書中的對白會出現**許多課本學不到、老師沒有教的英文口語、俚語、片語**。想要學習生動又道地的美語口語，這套書算是不錯的教材。

本書也有改編成真人電影，可以找來與孩子共賞，順便練聽力！

小熊哥與來台的作者合影，還拿自己小一買的書給作者簽名。

**朗 讀 範 例** ▶▶▶▶

作者傑夫・肯尼親聲朗讀

電影版預告

## 88

難易程度：

★ ★ ★ ★ ★
★ ★ ☆ ☆ ☆

# The Zack Files

文：Dan Greenburg　圖：Jack E. Davis

**推薦理由**

本套書中文版譯名為《**札克檔案**》，在美國共發行 30 集，總銷售量高達 200 多萬冊，是頗受美國小學生歡迎的一套奇幻童書，甚至還被改拍成同名的系列影集！小熊在美國念書時，剛好正是電視台放映的時候。

作者丹‧葛林寶（Dan Greenburg）在芝加哥長大，與妻子和兒子札克（就是主角）居住在紐約。他在美國是一位眾人所熟知的小說家、記者、劇作家，對於**超自然事物相當著迷**。他有個很特別的興趣：**去四處探訪全世界鬧鬼、有怪物的地方**！這一點，與他創作出本書很有關聯。

丹喜歡寫作，《札克檔案》系列則是他從兒子身上所獲得的靈感。主角札克，是個十歲半的小男孩，對於**各種稀奇古怪的東西都非常感興趣**，出現在他生活中各種奇怪的事情，都被一一記錄在本套書中。

這套書寫得很有幽默感，就連系列標題也很有趣。例如我家兒子最喜歡的幾本是：《奶奶加入大聯盟》、《老師吃了我的作業》、《胖女王別擠我》、《說謊屁股會變大》，若不方便找到全系列，先看看這幾本也不錯。

本套書情節多彩多姿，對白口語化、生活化，很能引發孩子的共鳴，值得一讀。網路上也可以找到電視影集的影片，可以搭配著一起讀。

cabinet #2 Chapter 1/ Dan Greenburg

👍 2 👎 0 分享 儲存 ⋯

Zack Files / Through the medicine cabinet #2 Chapter 1/ Dan Greenburg

觀看次數：199次 • 2019年1月7日　👍 2 👎 0 分享 儲存 ⋯

**朗讀範例** ▶▶▶

 Never Trust a Cat who Wears Earrings

 歌德書店推薦短片

 同名系列影集

## 89

難易程度：

★ ★ ★ ★ ★
★ ★ ☆ ☆ ☆

# The Boxcar Children

文：Gertrude Chandler Warner

**推薦理由**

這套書在 1924 年出版第一集後，目前已經有**超過 150 本以上的系列作品**，是至今尚未完結的少年懸疑小說。在美國，多次被提名為百大章節小說、教師心目中的**百大兒童讀物**等。

「Boxcar」其實指的是**一節廢棄的火車廂**，因為書中的主角：四個兄弟姐妹，曾經住在這節廢棄的火車廂裡。（雖然故事後面就沒有繼續住在車廂裡了，而是與爺爺一起住。）

這套書算是十分經典、但是年代有些久遠的作品。小熊哥以前在美國念小學時，有參加過全市小學生的機智問答比賽，當時隊伍中有一位三年級的學姐，金髮藍眼，帶著一副黑邊眼鏡，看起來十分的聰明。最神的是，**她幾乎可以答對所有的問題**！

我偷偷問她的母親，到底是怎麼樣教育孩子的，可以讓她如此博學多聞？學姐的母親回答說：「我的孩子十分喜歡閱讀，天天在讀書，尤其是讀**整套的《Boxcar Children》系列**，也因此而學會了很多東西。」

所以我從這位母親口中第一次知道這套書，也開始研究這套書的奧祕。

本書描述的是，Alden 家四位個性不同的兄弟姐妹：Henry、Jessie、Violet、Benny，在父母雙亡後流落街頭，最後不得不住在一節廢棄的火車廂裡面。但是後來他們終於和富有的爺爺相認。這四個孩子很聰明，常常用他們的**機智與偵探般靈活的頭腦**，**解決了許多疑難的問題**，所以看起來很像是偵探小說，或者可以說是懸疑小說，只不過是青少年版。

本書作者 Gertrude Chandler Warner，原來只寫了**前 19 本系列小說**，但是因為這些故事十分受到青少年的喜愛，後來作者的家人就授權給出版社，根據原本的故事設定，找人繼續撰寫系列作品。持續出版到現在，應該是**兒童小說界最長壽、最多本的連載作品吧**？

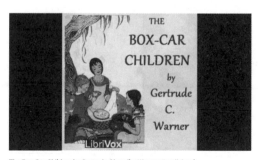

The Box Car Children by Gertrude Chandler Warner #audiobook

**相關連結** ▶▶▶▶

美妙的女生朗讀

動畫版預告

## 90

難易程度：

# Hatchet

文：Gary Paulsen

**推薦理由**

本書中文版譯名為《**手斧男孩**》，是美國知名作家**蓋瑞‧伯森最膾炙人口的作品**，暢銷全球 200 萬冊，更廣獲美國各級圖書館與各級學校教師好評，更是**美國許多小學指定的必讀書籍**。

故事內容描述十三歲的布萊恩，坐在飛越加拿大曠野的單引擎小飛機上，他是機上唯一的乘客。起飛不久，駕駛員卻心臟病突發，飛機摔落在森林之中，布萊恩幸運的逃過一死，卻必須**在荒野中，獨自面對恐懼、飢餓、森林中的大黑熊、不知名的野獸，以及即將到臨的嚴冬**。臨上飛機前，媽媽送的一支小手斧，意外成為他唯一的憑藉，在五十四天的荒野奮鬥求生歷程中，都市少年布萊恩歷經了**一趟無與倫比的超級野外求生歷險**！

這本書是小熊在美國小學念書時，**學校指定給學生的閱讀書籍**。返台以後，我先拿中文版給中年級的小熊看，他當時沒有興趣，後來我找到原文版，他才瘋狂愛上此書。

《手斧男孩》這本書出版後，因內容精采逼真，不僅榮獲**美國紐伯瑞文學大獎**，連美國《國家地理》雜誌都以為是真實事件，聯絡作者欲加以採訪報導。讀者的回響更是熱烈，成千上萬封想知道更多關於書中主角布萊恩故事的信件，塞爆了作者的信箱，讓他不得不繼續撰寫布萊恩的冒險故事。

作者一生的工作經歷多采多姿，當過獵人，對野外求生也很有經驗。男孩都很愛野地求生的書，其實在美國頻道中，關於野外求生、荒島求生的影片都十分受到青少年與男性觀眾的喜愛，只要上 YouTube 輸入「**野外求生**」這個關鍵字，就會有一堆影片教你如何生火、如何在野外找食物，我家兒子常常看得樂此不疲！

如果孩子對野外生活感興趣，推薦一定要看看此系列套書，說不定將來去野外或露營，還可以實際操練一下。

**相 關 連 結** ▶▶▶

 故事介紹影片

 誠品職人玉齡介紹《手斧男孩》

## 91

難易程度：

★ ★ ★ ★ ★
★ ★ ☆ ☆ ☆

# A Bear Called Paddington

文：Michael Bond　圖：Peggy Fortnum

**推薦理由**

**柏靈頓熊（Paddington Bear）**是**英國兒童文學**中一個很可愛的角色，記得我第一次看到他，其實是在超商集點活動裡，蒐集兌換的**柏靈頓熊磁鐵**，後來就變成我家冰箱上的飾品。

柏靈頓熊第一次出現是在 1958 年，隨後有 14 本書以他為主角。《時代雜誌》曾經整理出一份 1920 年以來「百大經典玩具」名單，Q 萌的**柏靈頓熊**就與**魔術方塊**與**芭比娃娃**一起名列其中。

在圖畫中，柏靈頓熊比較像是一隻泰迪熊，作者的靈感來源是他與妻子在聖誕節期間，於一家店內所看到的泰迪熊，那隻泰迪熊是架上最後一隻，作者夫婦覺得他會孤獨，因此把他買回家。

1957 年春天，作者在自己的小公寓裡替這隻小熊寫故事，不過並不順利，**故事遭七家出版社拒絕！**直到 1958 年，某家出版社以 75 英鎊買下版權，並委託 Peggy Fortnum 繪製插圖，於是世界上第一本柏靈頓熊的書就誕生了！Peggy Fortnum 所繪製的柏靈頓熊，頭戴軟帽，身穿

粗呢外套、威靈頓靴，手上提著行李箱，表情憨厚，就是今日全球喜愛的柏靈頓熊原型。

柏靈頓熊總是很有禮貌！都以先生、女士或小姐來稱呼他人，很少直呼名字，喜歡吃柑橘醬三明治、喝可可。雖然他非常努力想把每件事情做對，但是故事中卻不斷惹出許多麻煩，還好最後都能化險為夷。

2000 年，在書中布朗夫婦與柏靈頓熊相遇的**柏靈頓車站大廳中，安置了一座本尊大小的柏靈頓熊銅像**，絡繹不絕的粉絲喜歡跑來坐在他身邊，吃著他喜愛的果醬三明治。許多人認為，這座銅像是倫敦市中獲得人們真誠愛戴的紀念碑。

2014 年，柏靈頓熊有了第一部電影《**柏靈頓：熊愛趴趴走**》，此片成功拿下好萊塢以外的家庭電影票房最高紀錄，突破 3 億美元！續集《**熊熊出任務**》也在 2017 年 11 月於英國首映。喜歡柏靈頓熊的家庭，可以先看預告，再找電影來看，別忘了最後**讀讀原著**喔！

**相 關 連 結** ▶▶▶

 有聲書：系列作第一集

 超棒的男士朗讀

 電影版續集預告

## 92

難易程度：

★ ★ ★ ★ ★
★ ★ ★ ☆ ☆

# Little House

文：Laura Ingalls Wilder
圖：Garth Williams

**推薦理由**

《Little House》小木屋系列，是**美國著名拓荒文學作家羅蘭‧英格斯‧懷德**（Laura Ingalls Wilder）的童年回憶。這套系列除了受到美國人的喜愛之外，世界上有許多國家也給予高度的推崇。

作者羅蘭於 1867 年出生於美國中部的威斯康辛州，當時美國正逢**西部拓荒熱潮**，所以羅蘭從兩歲開始就跟著父母到處遷移，十三歲以前，已經到過威斯康辛州的大森林、堪薩斯州的大草原、明尼蘇達州的華納森林、愛荷華州的柏歐克及達克塔區。

在書中，羅蘭**用小女孩的眼光，觀察生活中的點點滴滴**，也看見最原始自然的生活方式。在大樹下玩家家酒，在森林裡玩捉迷藏，在春天的花叢間遊玩，在冬天的白雪旁互相追逐，在美麗的自然中，運用與生俱來的智慧與勇氣，學會與大自然共存。

羅蘭的故事，不只是一個拓荒女孩的故事，也是美國拓荒熱潮的寫實歷

史，因此，在羅蘭六十五歲時，唯一的女兒便鼓勵她，將拓荒生活寫成小說。於此，羅蘭在**十年之間寫下了 9 本《小木屋》系列小說**，直到她八十七歲時，這套《小木屋》系列開始被譯成多國語言，在世界各地發行。這九本分別是：

1932 年：《大森林裡的小木屋》（*Little House in the Big Woods*）
1933 年：《農莊男孩》（*Farmer Boy*）
1935 年：《草原上的小木屋》（*Little House on the Prairie*）
1937 年：《在梅溪邊》（*On the Banks of Plum Creek*）
1939 年：《在銀湖岸》（*By the Shores of Silver Lake*）
1940 年：《好長的冬天》（The Long Winter）
1941 年：《草原小鎮》（*Little Town on the Prairie*）
1943 年：《快樂的金色年代》（*These Happy Golden Years*）
1968 年：《新婚四年》（*The First Four Years*）

從拓荒女孩，到馳名世界的兒童文學作家，羅蘭的一生充滿了曲折，而《小木屋》系列更充分表現了**堅毅的拓荒精神**。羅蘭以細膩、誠懇的筆法，生動描述出一個女孩的成長，更將父母手足間的親情、她和丈夫間含蓄雋永的愛情，及拓荒時代人們的勤奮、勇敢面對大自然的謙敬，表達得淋漓盡致。

**朗讀範例 ▶▶▶**

 第一章朗讀

 系列小說有聲書

## 93

難易程度：

★ ★ ★ ★ ★
★ ★ ★ ★ ☆

# A Series of Unfortunate Events

文：Lemony Snicket　圖：Brett Helquist

推薦理由

本套書中文版譯名為《**波特萊爾大遇險**》，是美國作家雷蒙尼‧史尼奇（Lemony Snicket）的奇幻文學系列作品，也是他的第一部作品。

《舊金山紀事報》書評指出：本書情節曲折、字彙豐富，對於文學、流行文化和政治有多重指涉；對於**放蕩的資本主義、非理性的流行**，甚至是**主題餐廳**，則有**大快人心的諷刺**。本套書現已被翻譯成 40 種以上的語言出版，在全球售出 6,000 多萬冊，並被改編為電影和電視劇。

事實上，《波特萊爾大遇險》是**一系列不太開心的故事**，全套有 13 本書，都是在描述**波特萊爾孤兒不幸的生活**。主角是紫兒、克勞斯和桑妮三姐弟，原本住在豪華的波特萊爾大宅邸，後來因一場突如其來的大火燒掉了房子，使得父母雙亡。

遺囑執行人把三姐弟帶往邪惡的歐拉夫伯爵家。歐拉夫伯爵是一個恐怖又邪惡的監護人，只關心三姐弟**繼承的巨額財富**。後來，歐拉夫搶遺產

的計謀被揭穿後，失去了三個人的監護權，但他仍不罷休，帶著一丘之貉的黨羽狩獵三姐弟。

覬覦三姐弟財產的歐拉夫伯爵及黨羽窮追不捨，總是設計機關來陷害這群孤兒，三姐弟很可憐，雖然總能一眼看穿歐拉夫伯爵的詭計，卻因為沒有任何大人相信他們或伸出援手，只能靠**三人與眾不同、傑出的機智，一次次度過難關**。

這一系列的書有股揶揄、嘲諷的味道，和 J・K・羅琳等人的作品大相逕庭。有些人則認為，故事中波特萊爾三姐弟的**悲慘遭遇**，在某種程度上類似**現實中的猶太人**。故事中三姐弟努力脫險的機智、高潮迭起的劇情，讓小讀者常常看到廢寢忘食，在此推薦大家也讀讀**原文版小說**。

A Series of Unfortunate Events By Lemony Snicket | Review & Discussion
觀看次數：32,751次・2016年5月28日　👍 311　👎 129　↗ 分享　≣ 儲存　…

**相 關 連 結** ▶▶▶

 系列作英語書評

 電視影集預告

## 94

難易程度：

★ ★ ★ ★ ★
★ ★ ★ ☆ ☆

# Pippi Longstocking

文：Astrid Lindgren

**推薦理由**

瑞典作家**林格倫（Astrid Lindgren）**第一本《**長襪皮皮**》（*Pippi Longstocking*）問世之後，已經七十多個年頭了。這套書被翻譯成超過 40 種語言，世界各地也有各種不同的**改編電影、舞台劇**。這位女作家和她筆下的小女孩，**啟發瑞典成為第一個禁止對孩子使用暴力的國家**，林格倫也因其重要性，和她的小女孩皮皮一起被**印製在瑞典的紙鈔上頭**。

為什麼大家都這麼愛皮皮呢？首先，她是個十分有趣的小女孩。她雖是個孤兒，必須自立自強的生活，卻**不曾為此憂傷抱怨**，反而總是有許多創意點子，也常常啟發其他的小孩。

因為海盜給了她一袋金幣，使她不用依賴他人，可以自己養活自己。皮皮是個很有創造力的小女孩，她總是用創意解決許多自己與朋友的問題，友善的對待身邊的人、幫助有麻煩的動物與小孩。正因為她**溫柔又堅強**，使她十分受到周圍人士的喜愛以及讀者的欣賞！

瑞典人認為**長襪皮皮的精神**代表著：**堅守自己的信念、不畏懼任何人、總是依從自己最深處的良知來行為**。這也是皮皮的故事能流傳久遠的原因。感謝林格倫，創造出這麼與眾不同的可愛人物，讓孩子能樂在閱讀，做為榜樣。

Movie

Pippi Longstocking (1997) | Full Movie

觀看次數：603,003次・2017年11月13日

**相 關 連 結** ▶▶▶

　動畫版電影

　真人版電影預告

## 95

難易程度：

★ ★ ★ ★ ★
★ ★ ★ ☆ ☆

# Charlotte's Web

文：E. B White

推薦理由

看了好多系列套書，來看看單本小說吧？本書是**知名美國作家 E．B・White** 在 1952 年所寫的兒童文學，故事是關於**一隻叫做夏綠蒂（Charlotte）的蜘蛛**，和**一隻小豬韋伯（Wilbur）的友誼**，中文書名叫做《夏綠蒂的網》。

故事描述瘦弱的小豬被農場主人的女兒救下，取名為**韋伯**。幾週後，韋伯被賣給農場女兒的叔叔，雖然農場女兒常常去看他，但韋伯還是感到很寂寞。這時候有個溫柔的聲音告訴韋伯，說願意和他做朋友，韋伯才找到了他的新朋友：**一隻蜘蛛夏綠蒂**。

其實大部分農場裡的動物都對夏綠蒂很反感，覺得蜘蛛恐怖又噁心。可是韋伯卻覺得她很漂亮，所以他們成為了**超越族群與年齡的好朋友**。

某一天，農場裡的綿羊告訴韋伯：聖誕節時，他就會**被宰掉做成燻火腿**了！韋伯很害怕，便跑去向夏綠蒂求助。夏綠蒂決定救韋伯，於是就**在蜘蛛網上寫字來讚揚韋伯**，因為如果能讓韋伯出名，他就不會被殺了。

夏綠蒂織出的字，包括 Some Pig、Terrific、Radiant、Humble，人們看得嘖嘖稱奇，爭相傳誦。多虧了夏綠蒂的幫忙，韋伯逃過了成為火腿的命運。

故事最後，夏綠蒂死了，死前她產了卵。為了報恩，韋伯把夏綠蒂的卵帶回家，在農場中進行孵育。後來，孵出來的小蜘蛛都到外頭去開創自己的新生活了，但有三隻依舊留在農場裡，繼續和韋伯成為好朋友。

本書讀起來特別溫馨，因為兩位主角的特質讓人感動。**相對於韋伯的天真爛漫，夏綠蒂則是寬容、細心並充滿智慧**，會讓人想起自己的**母親**，總是耐心、沉著的給孩子建議。

這部兒童文學經典也有改拍成電影，建議可以找來看看。

夏綠蒂的網 中文預告

觀看次數：7,776次　👍 20　👎 3　↗ 分享　≡+ 儲存　⋯

**相 關 連 結** ▶▶▶

　兩分鐘看完《夏綠蒂的網》

　電影版英語預告片

## 96

難易程度：

★ ★ ★ ★ ★
★ ★ ★ ☆

# Matilda

文：Roald Dahl　圖：Quentin Blake

推薦理由

本書是英國著名兒童文學家**羅德達爾（Roald Dahl）**的傑作，中文版譯名為《**瑪蒂達**》。故事描述瑪蒂達是家裡的一隻黑羊，不過她是全家裡面最好的那一個。她有一對很詭異且不上進的雙親，還有一個充滿惡意的哥哥，老是欺負她，**這樣恐怖的家庭，卻生出一個很棒的女孩。**

歹竹出好筍的瑪蒂達，平日很喜歡去圖書館自己找書讀，她十分的聰明，還會算很難的心算。有一天她驚訝的發現，自己居然有超能力！可以不用手、用看的或用想的，就可以移動豆子、打開窗簾，甚至把哥哥丟向她的胡蘿蔔，用念力塞回哥哥的嘴裡！

而世界上最欣賞瑪蒂達的人，就是她的老師。這位溫柔的老師，卻有一個恐怖的姐姐，偏偏這個恐怖的姐姐，就是瑪蒂達學校**恐怖的校長**。校長用軍事化管理，嚴厲的懲罰任何不乖的孩子，甚至於只要不高興，就可以把看不順眼的孩子丟到窗外去！

有一天，瑪蒂達實在看不過校長的惡形惡狀，決定不再當個乖女孩，於

是用她的超能力,好好的教訓了這個恐怖的校長,以及她討厭的父母。然後她**讓那溫柔的老師收養自己**,兩人成立了幸福的家庭。

羅德達爾的故事,常常有一個**缺少愛的可愛小女孩**,像是另一本傑作《**吹夢巨人**》裡的女主角,與本書中的瑪蒂達都是一樣。但是羅德達爾總會**還給他們一個屬於愛的地方,壞人總會得到他們應有的報應**,這就是羅德達爾兒童小說的魅力所在。

本書有拍成電影,建議先讓孩子可以欣賞電影之後,再來找這本英語原著來看。

Matilda by Roald Dahl (Book Summary) - Minute Book Report

觀看次數:62,820次・2015年1月26日　　349　　22　　↗ 分享　　⯮ 儲存　　•••

**朗 讀 範 例** ▶▶▶

 第1章朗讀

 英語故事概要

 電影片段

# Charlie and the Chocolate Factory

文：Roald Dahl　圖：Quentin Blake

**推薦理由**

本書中文版譯名為《**巧克力冒險工廠**》，是我和我家孩子在羅德達爾作品中，最愛的一本。不過我們會愛上這本書，必須要感謝大導演**提姆波頓**，以及男演員**強尼戴普**的精采演出！因為我們母子都是先欣賞了電影版的《巧克力冒險工廠》後，才去找原著來共讀的。

故事是關於神祕的**威利旺卡（Willy Wonka）**先生，他有一座全世界最棒的巧克力工廠，生產出來的巧克力，全世界的人都好愛，但是沒有一個人知道他的巧克力是怎樣做出來的，工廠總是**十分的神祕**。

有一天，威利旺卡決定要送出**五張金色門票**，門票藏在巧克力裡面，只要買到的孩子，就可以來參觀他的神祕工廠！於是全世界的孩子都瘋狂搶購他的巧克力，而貧窮的查理，他沒有錢買巧克力，但爺爺給了他一點錢，結果竟然買中了最後一張金色門票，成為可以幸運參觀巧克力工廠的孩子！

其他幾個參觀工廠的孩子，多半是家裡十分有錢，但是**個性上有缺陷**的孩子。在參觀工廠的過程中，一些孩子和父母發生的問題，因為人性上的弱點（如**貪婪**、**暴力**等），讓他們無法繼續參觀下去。只有查理贏得了威利旺卡先生的欣賞與愛，最後威利旺卡解決了查理家貧窮的困境，而查理也讓威利旺卡打開了心結，與他多年不見的父親相認。

除了本書原著十分有趣之外，真心建議大家去找提姆波頓所導演的電影來欣賞。這位電影鬼才導演所拍出來的《巧克力冒險工廠》，充滿絢麗又神祕的色彩，以及奇異又詭異的美感。男主角強尼戴普（當時還是大帥哥）的演技，更是讓人拍案叫絕。**看了電影以後，我家孩子很難抗拒去看原著的渴望，感謝提姆波頓！**

Charlie and the Chocolate Factory Chapters 1 and 2 Read Aloud

觀看次數：96,382次・2018年1月12日　　👍 584　👎 93　→ 分享　≡+ 儲存　・・・

朗讀範例 ▶▶▶

　英語朗讀小說

　電影版預告

# 98

難易程度：
**依階段而異**

## ELi Readers
系統性閱讀教材

**推薦理由**

接下來會陸續介紹三套系統性閱讀教材，是許多雙語及外語學校會用的英語閱讀教材。由於每一本都是單獨的故事，我覺得**未必要買全套**，家長可選購有興趣的主題。不過，**若是預算足夠，全套購買比較好練功**。

第一套 ELi Readers 是專為**非英語母語的學習者，所設計的英語分級讀物**。全套**英式發音**，透過精心繪製的插畫，捕捉每個故事的精髓，讓讀者從閱讀中，體驗迥然不同的學習樂趣！

全套書依建議的閱讀程度，共分成三個層級：**Young、Teen、Young Adult**。Young 系列適合國小學生，Teen 及 Young Adult 系列則是適合國小高年級到國高中以上的學生閱讀。

我個人很喜歡這套書，因為**最後都有附作者和故事背景介紹，以及結尾小測驗**。封底包含故事、資源簡介、分類標記與英語程度標示；書末有主題與文法大綱、系列完整書單。全系列的完整音檔、教師版學習單、讀本解答、學生版學習單等資源，可至 ELi Readers 官方網站下載。

除了單書，這套書還有其他不同的配套教材。以隨插即用的 **Multi-ROM CD** 為例，使用後裡面會出現三個部分：**直接看故事動畫片／聽錄音故事／做讀後測驗**。

第一部分十分活潑，動畫還有美妙的配樂，故事用詞也十分簡單易懂。第二部分就是動畫片變成**聲音檔**，孩子可以邊看書邊聽故事。第三部分做得很用心，不只有你問我答而已，還有拼圖動畫、克漏字、連連看，用測驗就可以知道孩子是否真的了解故事內容，果然是很實用的教材！

建議家長可以先從 Young 系列開始選購，該系列又細分為 Stage1-4，閱讀等級從 A1-A2，重點單字為 100-400 個，主要的故事有《自私的巨人》、《不來梅的音樂家》、《彼得潘》等。

Teen 系列的分級，程度比較適合國中生以上，重點單字為 600-1,000 左右。個人推薦的故事有《野性的呼喚》、《頑童歷險記》、《孤雛淚》等。Young Adult 系列就更深一點，重點單字為 6,00-2,500 以上。我喜歡的幾本是《小氣財神》、《格列佛遊記》、《大亨小傳》等。

**朗讀範例** ▶ ▶ ▶

 Uncle Jack and the meerkats

 官方網站

 官方介紹影片

 滴妹推薦介紹影片

# Oxford Dominoes

系統性閱讀教材

**推薦理由**

對於程度初級到中級的孩子，我推薦使用**英國牛津大學出版社的 Oxford Dominoes 系列**。Dominoes 是**骨牌**的意思，我猜牛津大學出版社是取骨牌有連鎖效應，閱讀也是層層堆疊的功力之意。

在 Oxford Dominoes 系列中，總共分為四個級數，**初級與第一級大約是國中的英文程度**，故事情節會用最淺顯、最簡單的字詞表達，一天讀一至兩頁，二十天即可讀完。**第二級與第三級，則大約是國三到高二的程度**。Oxford Dominoes 系列有四個特色，分別簡述如下。

特色一：冊數很多，選錄了**經典名著**、**短篇故事**和**電視與影集**改編的故事。例如《地心冒險》、《大地英豪》、《酷狗寶貝》等，更能吸引學生閱讀的興趣。部分故事為**原創故事**，可啟發孩子的想像力。

特色二：**圖片多、全彩印刷**。有些是以漫畫的方式呈現，學生接受程度高。每個章節的最後會附下個章節的情節預測題，鼓勵小讀者多多思考。

特色三：文章旁**附有難字的即時解釋**。故事中的生字與難字都會加粗，並於同頁補充單字解釋，**節省查字典的時間**，加快閱讀速度。

特色四：每個章節都附有兩頁讀後練習題：**Activities** 和 **Projects**，新版特別新增七頁文法練習，讓整個讀後練習更加完備。

本套讀本分級明確清楚，相關教學資源，可至牛津大學出版社網站下載，包括：解答、簡易考題，以及可影印的學習單等等。

☐Sinbad (Oxford Dominoes Starter) FULL

**朗 讀 範 例** ▶▶▶

阿里巴巴的故事

官方網站

## 100

難易程度：
**依階段而異**

# Oxford Bookworms Library

系統性閱讀教材

**推薦理由**

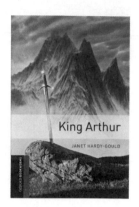

本套是**英國牛津大學出版社**的「**書蟲系列**」（很像我家老二文青男的菜）！全套共分為 **Starter**、**Stage 1-6**，總共有**七個等級**。當你去外文書店時很好找，因為全書系都是黑底，書背下方有不同的顏色，Starter是粉紅色、Stage 1 是黃色、Stage 2 是橘色，七色分別代表七個等級。

這七個等級中，收錄了**古典文學**、**現代小說**、**劇本**、**世界名著**，及 **Factfiles** 系列，涵蓋小說（fiction）和非小說（non-fiction）的內容，提供十分完整的選擇書單，應可容易找到符合孩子程度的讀本。

每本書的最後都附有閱讀理解測驗題，版權頁詳列每本讀本的字數，方便學習者查詢。部分故事有出版成錄音帶或 CD，均為英式發音，但有特別標示美式發音的品項除外。

我建議家長可以**先從 Starter 等級開始**（分級顏色是**粉紅色**），此等級是專為**初學者**所設計，故事型態包含：連環漫畫、互動式故事和敘述式

故事。全彩、圖片大，但字不會太大，剛好適合小讀者的眼睛。

目前**每個級數都有 20 到 40 本**，涵蓋的故事種類很廣，文學經典包含《**哈姆雷特**》、《**傲慢與偏見**》、《**福爾摩斯**》，連《**歌劇魅影**》都在其中！封面是放**電影海報**，很吸引人，我個人買了好幾本來收藏。

此外，本系列中有一個亮點，就是 Factfiles 系列。這是一套很深入的**非文學讀本**，主題涵蓋著名**都市介紹**、**體育活動**、**奇人軼事**、**流行趨勢**、**影視潮流**、**環保及科學研究**等等，文章以報導方式呈現，十分具有教育意義。

每個等級都有一本**教師手冊**，包含讀本中所有活動的解答，可至牛津大學出版社網站下載解答、簡易考題、故事摘要，以及可影印的學習單。

**朗 讀 範 例** ▶ ▶ ▶

The Mystery of Manor Hall

Girl on a Motorcycle

官方網站

滴妹選書介紹影片

## 101

難易程度：
★ ★ ★ ★ ★
★ ★ ★ ★ ★

# Warriors

文：Erin Hunter

**推薦理由**

最後介紹的套書，難度比較高，冊數也很多，放在這裡做為**壓軸之作**。本套書的中文譯名為《**貓戰士**》，由三位作者以筆名艾琳·杭特共同寫作，是一套**長系列的奇幻文學和動物小說**。

故事主要在描寫雷族貓在森林中的生活和戰鬥，貓戰士是由**雷族、風族、影族、河族、天族**以及偉大的**星族**組成，各族之間雖然爭鬥不斷，但是有著共同的信仰和共同的守則。他們會在危急的時候互相支援，也會在滿月的時候，舉行大集會互相交流。他們相信他們的勇猛是來自虎族，智慧是來自獅族，而速度則是來自豹族。

兒子說，在閱讀本系列時，會讓他聯想到**日本漫畫《火影忍者》**，因為**漫畫家岸本齊史的忍者村設定，十分類似於貓戰士**，漫畫中有風影、火影、雷影、水影等，以及不同的忍者村部落。到底兩套作品有無關聯？耐人尋味。不過這系列貓咪的戰爭愈來愈複雜，也愈來愈精采，受到東西方廣大青少年喜愛，是不爭的事實。

這套系列目前主要分六部曲，分別是《**貓戰士**》、《**新預言**》、《**三力量**》、《**星預兆**》、《**部族誕生**》和《**幽暗異象**》，每部 6 本，共 36 本。除了主要的小說六部曲，也還有其他的內容，這些內容都是對故事的敘述進行補充、解釋，包含外傳、電子書、荒野手冊、漫畫等等，在此推薦給功力不錯的孩子閱讀。

#BookTrailer #ShelfStuff
WARRIORS Series by Erin Hunter | Official Book Trailer

觀看次數：207,999次・2015年7月20日　　👍 4871　👎 41　➤ 分享　🗐 儲存　⋯

**相 關 連 結** ▶▶▶

 原文書官方預告片

 台灣學生做的書籍解說，值得一看

 網路動畫影片

家庭與生活 055

# 小熊媽讓孩子學會自己讀的英語閱讀 101+

| | | | |
|---|---|---|---|
| 作者 | 小熊媽（張美蘭） | 出版者 | 親子天下股份有限公司 |
| 插畫 | NIC（徐世賢） | 地址 | 台北市 104 建國北路一段 96 號 4 樓 |
| 責任編輯 | 楊逸竹 | 電話 | （02）2509-2800 |
| 校對 | 魏秋綢 | 傳真 | （02）2509-2462 |
| 美術設計 | NIC（徐世賢） | 網址 | www.parenting.com.tw |
| 內頁排版 | 連紫吟、曹任華 | 讀者服務專線 | （02）2662-0332 |
| 行銷企劃 | 林靈姝、蔡晨欣 | | 週一～週五 09:00-17:30 |
| | | 讀者服務傳真 | （02）2662-6048 |
| 天下雜誌群創辦人 | 殷允芃 | 客服信箱 | parenting@cw.com.tw |
| 董事長兼執行長 | 何琦瑜 | | |
| 媒體暨產品事業群 | | 法律顧問 | 台英國際商務法律事務所・羅明通律師 |
| 總經理 | 游玉雪 | 製版印刷 | 中原造像股份有限公司 |
| 副總經理 | 林彥傑 | 總經銷 | 大和圖書有限公司 |
| 總監 | 李佩芬 | | 電話（02）2662-6048 |
| 副總監 | 陳珮雯 | | |
| 版權主任 | 何晨瑋、黃微真 | | |

| | |
|---|---|
| 出版日期 | 2019 年 10 月第一版第一次印行 |
| | 2023 年 6 月第一版第二次印行 |
| 定價 | 380 元 |
| 書號 | BKEEF055P |
| I S B N | 978-957-503-504-4（平裝） |

國家圖書館出版品預行編目 (CIP) 資料

小熊媽讓孩子學會自己讀的英語閱讀 101+
張美蘭 作
-- 第一版 . -- 臺北市：親子天下 , 2019.10
224 面；17x21 公分 . --（家庭與生活；55）
ISBN 978-957-503-504-4（平裝）
1. 英語 2. 讀本
805.18　　　108016009

・訂購服務

| | |
|---|---|
| 親子天下 Shopping | shopping.parenting.com.tw |
| 海外・大量訂購 | parenting@cw.com.tw |
| 書香花園 | 台北市建國北路二段 6 巷 11 號 |
| | 電話（02）2506-1635 |
| 劃撥帳號 | 50331356 親子天下股份有限公司 |

立即購買 >